# Le bal

이렌 네미롭스키 선집 1

이상해 옮김

# 무도회

Irène
Némirovsky

# Le bal

les mots
레모

## 차례

# 무도회

# Le bal

# I

캉프 부인이 공부방에 들어서면서 문을 하도 세게 닫는 바람에 샹들리에 유리 장식들이 일제히 흔들리며 맑고 가벼운 방울 소리를 냈다. 하지만 앙투아네트는 책상에 머리카락이 닿을 정도로 고개를 처박은 채 책 읽기를 멈추지 않았다. 캉프 부인은 아무 말없이 잠시 딸을 노려보았다. 그러고는 팔짱을 낀 채 앙투아네트 앞에 버티고 서서 소리쳤다.

"넌 엄마가 왔는데 고개도 안 드니? 계속 그렇게 엉덩이 붙이고 앉아 있을 거야? 참 대단도 하지. 미스 베티는 어디 있니?"

옆방에서 어설프고 설익은 목소리가 재봉틀 돌아가는 소리에 맞춰 노래를 부르고 있었다. "왓 쉘 아이 두, 왓 쉘 아이 두 웬 유윌 비 곤 어웨이…."*

“미스, 이리 좀 와봐요.” 캉프 부인이 미스 베티를 불렀다.

“예스, 미세스 캠프.”

발갛게 달아오른 뺨, 겁에 질린 부드러운 눈, 둥글고 작은 머리 위로 땋아 올린 꿀 색 머리카락, 자그마한 영국 여자가 빼꼼히 열린 문틈으로 미끄러져 들어왔다.

캉프 부인이 엄한 목소리로 말했다.

“내가 옷이나 고쳐 입으라고 당신을 고용했나요? 내 딸을 단속하고 가르치라고 그런 게 아니고? 엄마가 들어오면 일어나서 맞아야 한다는 걸 앙투아네트가 왜 모르죠?”

“오! 안-투아네트, 하우 캔 유?” 미스 베티가 슬픔에 젖은 새처럼 종알거렸다.

이제 앙투아네트는 일어서서 짝다리를 짚은 채 건들건들 몸을 흔들고 있었다. 키가 크고 비쩍 마른 열네 살 여자아이, 젖살이 빠져서 어른들 눈에는 이목구비가 또렷이 구별되지 않아 둥글고 밝은 얼룩처럼 보이는 그 나이 특유의 창백한 얼굴, 그늘진 두 눈 위로 내리깐 눈꺼풀, 꽉 다문 작은 입을… 그리고 꽉 끼는 교복 아래로 봉긋 솟아올라, 가냘픈 아이의 몸을 부끄럽고 불편하게 하는 가슴, 커다란 두 발, 붉은 손과 잉크가 묻은 손가락들, 언젠가 세상에서 가장 아름다운 팔이 될지 모를(누가 알겠는가?), 긴 작대기 같은 양팔, 가느다란 목, 특색 없이 푸석하고 가벼운 단발. 그랬다,

* What shall I do, what shall I do when you'll be gone away….

앙투아네트는 사춘기였다.

"앙투아네트, 네 행동 때문에 내가 얼마나 속이 상하는지 알기나 하니? 다시 앉아. 내가 다시 들어올 테니까 재빨리 일어나서 날 기쁘게 해줘, 알겠지?"

캉프 부인은 몇 걸음 물러서서 다시 문을 열었다. 앙투아네트가 꾸물대며 일어섰다. 마지못해 그러는 게 빤히 보여서, 그녀의 엄마는 입술을 깨물고 위협하는 표정을 지으며 화가 난 말투로 비아냥댔다.

"혹시 기분 상하셨어요, 아가씨?"

"아니에요, 엄마." 앙투아네트가 기어드는 목소리로 말했다.

"그런데 표정이 왜 그러니?"

앙투아네트가 억지로 웃어 보였다. 비겁하고 괴로운 노력 탓에 얼굴이 고통스럽게 일그러졌다. 가끔씩 죽이고 싶을 정도로, 칼로 얼굴을 그어버리고 싶을 정도로, 혹은 발을 구르며 '아유, 정말 짜증 나!'라고 소리치고 싶을 정도로 앙투아네트는 어른들이 미웠다. 하지만 그녀는 아주 어려서부터 부모를 무서워했다. 앙투아네트가 더 어렸을 때는, 엄마가 그녀를 무릎에 앉히고 꼭 껴안으며 쓰다듬어준 적도 꽤 있었다. 하지만 앙투아네트는 그때 일을 까맣게 잊었다. 대신 그녀는 머리 위로 날아드는 화난 목소리의 파편들을 내면 가장 깊은 곳에 간직하고 있었다. "얘는 늘 이렇게 걸리적거린다니까…", "이런, 네 더러운 신발로 내 드레스를 또 더럽혔잖니! 구석에 가서 서 있어. 혼이 좀 나야 알아듣지. 안 가고 뭐 하니? 멍청한 것!" 그러던 어느 날, 길모퉁이에서 그녀를 꾸짖던 엄마가 "따귀라도 한 대 맞고 싶니? 그런 거야?"라고 하도 크게 소리를 지르는 바람에 지나가던 사람들이 돌아봤던 그 날, 그녀는 처음으로 죽어버리고 싶었다. 따귀를 맞아 화끈거리는 뺨… 길 한가운데에서… 열한 살이었던 그녀는 나이치고는 큰 편이었다… 지나가는 사람들, 어른들에게 그런 일은 흔했다. 하지만 바로 그때, 남학생들이 학교를 나서고 있었다. 그들은 그녀를 쳐다보며 킬킬거렸다. "히히, 저 꺽다리…." 오! 고개를 떨구고 어두운 가을 거리를 걷는 동안 그녀를 줄곧 따라오던 그 낄낄거림. 눈물 너머로 빛들이 춤을 추었다. "계속 훌쩍거릴 거야? …오, 성깔머리하고는! …내가 널 혼내는 건 다 너 잘되라고 그러는 거야, 안 그러니? 아! 충고하는데, 내 속 또 뒤집지 마…." 못된 사람들… 아직도 그들은 아침부터 저녁까지 일부러, 집요하게 그녀를 괴롭히고, 고문하고, 모욕했다. "포크는 어떻게 쥔다고 했지?"(하인 앞에서, 맙소사!) "허리 펴고 똑바로 앉아! 적어도 꼽추처럼 보이진 말아야지." 그녀는 열네 살, 이제 어엿한 숙녀였다. 그리고 꿈속에서는 사랑받는 아름다운 여성이었다…. 안드레아 스페렐리가 엘레나와 마리아*를, 쥘리앵 드 쉬베르소가 모 드 루부르**를 어

* 이탈리아 작가 가브리엘레 단눈치오(1863-1938)의 소설 『쾌락』의 남녀 주인공.

루만지듯, 남자들이 그녀를 어루만지고 숭배했다…. 사랑….
그녀는 부르르 몸을 떨었다. 캉프 부인이 말을 이었다.

"…네가 그따위로 처신하라고 내가 영국 여자한테 돈을 주는 줄 아니? 그렇다면 단단히 잘못 생각하고 있는 거야, 이것아…."

그러고는 딸의 이마를 덮고 있는 머리 타래를 걷어 올려 주며 낮은 목소리로 덧붙였다.

"넌 우리가 이젠 부자라는 걸 늘 까먹어, 앙투아네트…."

그런 다음 영국 여자를 향해 돌아서며 말했다.

"미스, 이번 주에는 심부름시킬 일이 많을 거예요…. 십오 일에 무도회를 열거든요…."

"무도회요?" 앙투아네트가 눈을 동그랗게 뜨며 물었다.

"그래, 무도회…." 캉프 부인이 미소를 지으며 대답했다.

그녀는 자랑스러운 표정으로 앙투아네트를 쳐다보았다. 그러고는 은밀한 표정으로 슬쩍 영국 여자를 가리키며 말했다.

"설마, 저 여자한테 무슨 말을 한 건 아니겠지?"

"아니에요, 엄마, 아무 말 안 했어요." 앙투아네트가 황급히 대답했다.

그녀는 엄마가 무도회에 얼마나 신경을 쓰는지 잘 알고 있었다. 처음에, 그러니까 2년 전인 1926년, 프랑화와 파운

---

** 프랑스 작가 마르셀 프레보의 소설 『반半 처녀들』의 남녀 주인공.

드화의 가치가 널뛰기를 하는 바람에 알프레드 캉프가 증권으로 큰돈을 벌어 허름한 파바르 가를 떠나게 되었을 때, 앙투아네트는 매일 아침 부모의 침실로 불려갔다. 그녀의 엄마는 침대에 누워 손톱을 다듬고 있었고, 그녀의 아빠, 이글거리는 눈을 가진 까칠하고 키 작은 유대인은 침실에 딸린 욕실에서 면도와 세수를 하고 옷을 차려입고 있었다. 몸동작이 얼마나 잽싼지 한때 그의 동료들, 증권거래소를 드나드는 독일 유대인들은 그에게 '번갯불'이라는 별명을 붙여주기까지 했다. 그는 여러 해 동안 증권거래소의 그 웅장한 층계들을 부지런히 오르내렸다. 앙투아네트는 그가 한때 파리은행의 직원이었고, 그전에는 푸른색 제복을 입고 은행 문을 열어주는 문지기였다는 사실을 알고 있었다. 그는 상사의 타자수로 일하던 로진 양과 앙투아네트가 태어나기 직전에 결혼했다. 그들은 무려 11년 동안 오페라 코믹 극장 뒤편의 작고 더러운 아파트에서 지냈다. 앙투아네트는 저녁마다 하녀가 부엌에서 요란하게 설거지를 하고, 가스 불이 환하게 빛나는 탁한 유리등 아래에서 캉프 부인이 팔꿈치를 괴고 소설을 읽는 동안 주방 식탁에 앉아 숙제를 하던 시절을 생생하게 기억했다. 캉프 부인은 가끔 짜증이 배인 깊은 한숨을 내쉬었는데, 그 소리가 얼마나 크고 급작스럽던지 의자에 앉아 있던 앙투아네트까지 화들짝 놀라곤 했다. 그러면 캉프 씨가 물었다. "또 왜 그러는데?" 로진이 대답했다. "난 인생의 황금기를 이 더러운 아파트에서 양말이나 꿰매며 보내는데, 다른 사람들이 떵떵거리며 행복하게 살고 있다는 걸 생각하면 가슴이 아파…."

캉프 씨는 아무 말 없이 어깨만 으쓱했다. 그러면 많은 경우 로진은 애먼 앙투아네트에게 화풀이를 하곤 했다. "넌 거기서 뭘 엿듣고 있는 거니? 어른들 얘기가 너랑 무슨 상관이 있다고?" 그러고는 이렇게 덧붙였다. "그래, 이것아, 너도 네 아빠가 나랑 결혼할 때 약속한 것처럼 큰돈을 버는 걸 기다리겠다면 실컷 기다려보렴. 다리 아래로 물은 흘러갈 거고, 너도 커서 어른이 되겠지. 그리고 너도 네 불쌍한 엄마처럼 내내 여기서 계속 기다리게 될 게다…." 로진이 이 '기다리다'라는 낱말을 내뱉을 때면, 딱딱하게 굳은 그녀의 침울한 얼굴 위로 비장하고 오묘한 표정이 스쳐갔다. 그러면 앙투아네트는 자신도 모르게 마음이 뒤흔들리고 종종 본능적으로 엄마의 얼굴을 향해 입술을 내밀었다.

그러면 로진은 딸의 이마를 어루만지며 "내 가엾은 딸"이라고 말하곤 했다. 그런데 한번은 그녀가 버럭 소리를 질렀다. "아! 저리 가, 너도 꼴 보기 싫으니까. 어린 것이 얼마나 성가신지…." 그 후로 앙투아네트는 모르는 사람끼리 악수를 나누듯 아무 생각 없이 하는 아침저녁 뽀뽀 말고는 엄마에게 달리 애정을 표하지 않았다.

그런데 어느 날 갑자기 그들이 부자가 되었다. 어떻게 된 일인지 앙투아네트는 결코 이해할 수 없었지만, 그들은 크고 깨끗한 아파트로 이사했고, 그녀의 엄마는 머리카락을 반짝이는 아름다운 금빛으로 염색했다. 앙투아네트는 도무지 익숙해지지 않는 그 불타오르는 머릿결을 겁에 질린 눈길로 흘낏거리곤 했다.

캉프 부인이 명령하듯 말했다.

"앙투아네트, 어디 한번 말해보렴. 우리가 작년에 어디 살았는지 누가 물으면 어떻게 대답해야 한다고 했지?"

"그만 좀 해. 누가 걔한테 그딴 걸 묻겠어? 걘 여기 사람 아무도 몰라." 옆방에서 캉프 씨가 소리쳤다.

"내가 다 생각이 있어서 그런다니까. 그럼 하인들은?" 캉프 부인이 언성을 높이며 대답했다.

"하인들에게 한마디라도 벙긋하는 게 눈에 띄면 그땐 나한테 혼쭐이 날 거야. 알아듣겠니, 앙투아네트? 입 다물고 공부나 하면 된다는 걸 저 애도 알아. 그러면 된 거야. 사람들이 쟤한테 다른 걸 물을 리가…."

캉프 씨가 아내를 향해 돌아보며 말했다.

"멍청한 아이가 아니라니까, 알잖아?"

하지만 남편이 집을 나서자마자, 캉프 부인은 다시 시작했다.

"앙투아네트, 혹시라도 누가 너한테 뭘 물으면 일 년 내내 남프랑스에서 살았다고 말해…. 칸인지 니스인지 구체적으로 밝힐 필요는 없고, 그냥 남프랑스라고만 해…. 꼬치꼬치 캐물으면 칸이라고 하는 게 낫겠다. 그게 더 품격이 있으니까…. 하지만 당연히 네 아빠 말이 맞아. 입을 다무는 게 최고지. 어린 여자애는 가능한 한 어른들과는 말을 하지 말아야 해."

그녀는 최근에 남편이 선물해준, 목욕할 때 말고는 빼는 법이 없는 다이아몬드 팔찌를 번쩍거리며, 통통하게 살이 찐 아름다운 맨 팔을 흔들어 딸에게 그만 가보라는 신호를 했다. 앙투아네트가 이 모든 걸 어렴풋이 떠올리고 있는데, 그녀의 엄마가 영국 여자에게 물었다.

"앙투아네트가 적어도 글씨는 예쁘게 쓰죠?"

"그럼요, 미세스 캠프."

"그건 왜요, 엄마?" 앙투아네트가 쭈뼛거리며 물었다.

"그래야 오늘 밤에 초대장 쓰는 걸 도와줄 수 있을 테니까…. 이백 통 가까이 쓸 거거든, 알겠니? 그걸 나 혼자 다 쓸 수는 없을 거야…. 미스 베티, 오늘은 앙투아네트를 평소보다 한 시간 늦게 재우는 걸 허락할게요…. 너도 괜찮지, 얘야?"

그녀가 딸을 향해 돌아보며 물었다.

앙투아네트가 또다시 다른 생각에 잠겨 아무 대답도 하지 않자, 캉프 부인이 어깨를 으쓱하며 낮은 목소리로 덧붙였다.

"재는 늘 저렇게 달나라에 가 있다니까. 부모가 무도회를 여는데 자랑스럽지도 않니? 어떻게 저렇게 인정머리가 없는지, 쯧쯧쯧."

캉프 부인은 한숨을 쉬고는 일어나 방에서 나가버렸다.

## II

그날 밤, 아홉 시 종이 치면 영국 여자의 손에 이끌려 잠자리에 들었던 평소와는 달리 앙투아네트는 부모와 함께 거실에 남아 있었다. 거실로 들어가는 게 아주 드문 일이라, 그녀는 마치 낯선 집에 들어섰을 때처럼 하얀 내장재와 금박 가구들을 유심히 쳐다보았다. 그녀의 엄마가 잉크, 펜, 그리고 카드와 봉투 묶음이 놓여 있는 작은 원탁을 가리키며 앙투아네트에게 말했다.

"저기 가서 앉아. 내가 주소들을 불러줄게. 당신도 이리 좀 와주실래요?" 그녀가 남편을 향해 돌아보며 큰 소리로 덧붙였다. 하인이 옆방에서 상을 치우고 있었기 때문이었다. 캉프 부부는 몇 달 전부터 하인 앞에서는 서로 존칭을 사용했다.

캉프 씨가 가까이 다가오자, 로진이 속삭였다. '저놈의 하인부터 좀 내쫓아. 신경 쓰여 죽겠어….'

그러다 앙투아네트가 빤히 쳐다보고 있는 것을 알아차리고는 얼굴을 붉히며 황급히 명령했다.

"저기요, 조르주, 다 끝나가나요? 남은 것 얼른 치우고 올라가서 쉬도록 해요."

그들 셋은 모두 입을 다물고 잠시 의자에 못 박힌 듯 어색하게 앉아 있었다. 마침내 하인이 올라가자, 캉프 부인이 한숨을 내쉬며 말했다.

“아, 왜인지는 모르겠는데, 저 조르주, 정말 싫어. 식사 시중을 들 때 등 뒤에 떡하니 버티고 서 있으면 입맛이 다 떨어진다니까…. 넌 뭘 그렇게 실없이 웃고 있니, 앙투아네트? 자, 이제 일이나 하자. 초대 손님 명부는 갖고 있지, 알프레드?”

“응. 근데 윗도리부터 벗게 좀 기다려. 더워죽겠어.”

“벗는 건 좋은데, 지난번처럼 여기저기 굴러다니게 아무데나 던져두진 마. 조르주와 뤼시 표정을 보니, 셔츠 차림으로 거실에 있는 걸 이상하게 여기는 것 같더라고.”

“하인들이 어떻게 여기든 난 신경 안 써.” 캉프 씨가 투덜댔다.

“그러면 안 돼, 알프레드. 이 집 저 집 옮겨 다니면서 수다로 평판을 만들어내는 게 그들이니까. 난 꿈에도 몰랐는데, 4층에 사는 남작 부인이 글쎄….” 그녀는 목소리를 낮춰 앙투아네트가 아무리 귀를 기울여도 들을 수 없는 몇 마디를 소곤거렸다.

“…그 집에서 삼 년 동안 일한 뤼시가 말해주지 않았다면….”

캉프 씨가 종잇조각을 주머니에서 꺼냈다. 쓰고 지우기를 반복한 이름들이 빼곡히 적혀있었다.

“내가 아는 사람들부터 시작하는 게 좋겠지, 로진? 앙투아네트, 불러줄 테니 받아 써. 바뉠 부부. 주소는 모르는데 이름을 불러주면 거기 있는 전화번호부에서 주소를 찾아보렴.”

“이 사람들 아주 부자지, 그렇지?” 존경심이 가득한 목소리로 로진이 속삭였다.

“어마어마하지.”

“근데, 이 사람들, 와줄 것 같아? 난 바뉠 부인을 모르는데.”

“모르긴 나도 마찬가지야. 하지만 내가 남편과 거래를 하고 있으니, 그러면 됐지 뭐, 부인이 아주 매력적인 것 같던데. 그런데 그 사건… 있잖아, 이 년 전에 있었던 그 유명한 불로뉴 숲 스캔들에 그 여자가 엮인 다음부터는 무도회에 초대하는 사람들이 거의 없어….”

“알프레드, 쉿, 애가 듣겠어….”

“잰 들어도 무슨 말인지 몰라. 받아 써, 앙투아네트. 그래도 첫 번째 초대장으로는 아주 적당하지….”

“오스티에 부부도 잊지 마. 듣자 하니, 성대한 파티를 자주 여는 것 같던데….”

“오스티에 다라숑 부부, R이 두 개야, 앙투아네트. 이 부부는 내가 장담 못 하겠어, 로진. 아주 근엄한 척하는 사람들이거든, 좀 심하게 말이야…. 그 부인이 한때….”

그가 묘한 몸짓을 했다.

“아니라고? 아니, 맞아, 내가 아는 사람이 예전에 마르세유의 한 유흥업소에서 그 여자를 자주 봤다던데. 맞아, 맞다니까 그러네. 하지만 이십 년 가까이 된 오래전 일이지. 결혼하고 나서는 완전히 때를 벗었어. 썩 괜찮은 사람들만 골라서 초대하거든. 사람들과 교제할 때 엄청 까다롭게 굴어. 일반적으로, 막 굴러먹던 여자들도 십 년 정도 지나면 그렇게 되지."

"맙소사, 뭐가 이렇게 까다로운지…." 캉프 부인이 한숨을 내쉬었다.

"그러니까 전략이 필요해, 첫 초대 때는 이놈 저놈 가릴 것 없이 싹 다 불러 모아야 해…. 두 번째나 세 번째에 가서야 추리는 거지. 이번에는 어중이떠중이 모조리 초대해야 해."

"모두 와줄 거라고 확신할 수만 있다면야. 오기 싫다는 사람들이 있으면 난 창피해서 죽고 말 거야."

캉프 씨는 말없이 일그러진 미소를 지었다.

"안 온다는 사람들이 있으면 다음에 다시 초대해. 그때도 안 오면 그다음에 또 하고. 당신, 이거 알아? 사교계에서 성공하려면 복음서의 교훈을 곧이곧대로 따르면 돼."

"어떻게?"

"누가 당신의 한쪽 뺨을 때리면 다른 쪽 뺨을 내밀어라. 사교계는 기독교인의 겸손을 배울 수 있는 최고의 학교지."

살짝 충격을 받은 캉프 부인이 말했다.

"당신이 그런 어리석은 말들을 어디서 찾아내는지 궁금하다니까."

캉프 씨가 웃으며 대꾸했다.

“자, 자, 다음은…. 이 쪽지에 주소가 몇 개 있으니까 베껴 쓰기만 해, 앙투아네트.”

캉프 부인이 엎드린 채 주소를 쓰고 있는 딸의 어깨너머를 들여다보며 말했다.

“필체가 아주 예쁘고 반듯하다더니 정말이네. 이런, 알프레드, 쥘리앵 나상 씨라면 사기 사건으로 감옥에 갔던 이 아니야?”

“나상? 맞아.”

“아!” 적잖이 놀란 로진이 속삭였다.

캉프 씨가 말했다.

“당신, 모르고 있었어? 그 친구, 복권됐어. 사방에서 초대 못 해 난리야. 매력 있는 친구니까. 둘째가라면 서러워할 사업가이기도 하고.”

“쥘리앵 나상 씨, 오슈 대로 23의 2번지.” 앙투아네트가 다시 읽고는 물었다. “그다음은요, 아빠?”

“그래도 아직 스물다섯 명밖에 안 되네.” 캉프 부인이 신음하듯 말했다. “이백 명은 절대 못 채울 거야, 알프레드.”

“천만에, 천만에, 제발 짜증부터 부리지 마. 당신이 뽑은 명부는 어디 있어? 당신이 작년에 니스, 도빌, 샤모니에서 인사를 나눴던 사람들 말이야.”

캉프 부인이 탁자 위에 놓인 메모장을 집어 들었다.

“무아시 백작, 레비 드 브루넬리스키 부부와 그 딸, 이차라 후작, 이 사람, 레비 부인의 기둥서방이야. 그래서 늘 둘을 함께 초대하지."

"어쨌든 남편도 초대하는 거지?" 캉프 씨가 의심스럽다는 표정을 지으며 물었다.

"나도 이해는 해. 아주 좋은 사람들이야. 그리고 또 후작이 다섯이나 있었는데…. 리게스 이 헤르모사 후작, 또 무슨 후작이더라…. 참, 알프레드, 대화를 나눌 때 이런 작위들도 다 붙여야 해? 그러는 게 낫겠지? 당연히 하인들처럼 후작 각하라고 부르진 않더라도 친애하는 후작님, 친애하는 백작 부인님 정도는. 안 그러면 우리가 지체 높은 사람들을 초대했다는 걸 사람들이 알아차리지 못할 거 아냐."

"그 사람들 등에 표딱지라도 붙여놓을 수 있으면, 당신은 그러면 좋겠어?"

"오! 그걸 농담이라고. 자, 앙투아네트, 이것들도 어서 베껴 써."

앙투아네트가 잠시 써 내려가더니 큰소리로 읽었다.

"레빈슈타인 레비 남작과 남작 부인, 푸아리에 백작과 백작 부인…."

"아브라함과 레베카 비른바움이야. 돈 주고 백작 작위를 샀지. 근데 하필이면 푸아리에야, 촌스럽지 않아? 나 같으면…."

캉프 부인은 이렇게 말하고는 깊은 몽상에 빠져들었다.

"그냥, 캉프 백작과 백작 부인, 그럴듯하잖아."

"기다려봐, 내가 십 년 안으로…." 캉프 씨가 말했다.

그 사이, 캉프 부인은 금박 입힌 청동용들로 장식된 공작석 잔에 아무렇게나 던져둔 명함들을 추리고 있었다.

“그래도 이 사람들이 누군지 정말 알고 싶어.” 그녀가 중얼거렸다. “신년 인사로 받은 명함들인데, 도빌에서 만난 제비족이 준 것도 여럿 섞여 있을 거야.”

“가능한 한 많이 불러야 해. 그래야 쪽수가 채워지니까. 말끔하게 차려입고만 온다면야.”

“지금 농담해? 그건 당연한 거 아냐? 명색이 모두 백작, 후작, 남작들인데…. 그런데 이름과 얼굴이 겹쳐지질 않아. 다들 비슷하게 생겨서. 하지만 사실 그건 조금도 중요하지 않아. 로트완 드 피에스크 부부가 어떻게 하는지 봤어? 모든 사람에게 똑같이 말하더군. ‘이렇게 와주셔서 얼마나 행복한지.’ 그리고 두 사람을 서로 소개해야 할 때는 이름을 그냥 웅얼거리더군. 도통 알아들을 수 없게. 얘, 앙투아네트, 이거 아주 쉬운 일이야. 주소는 명함에 적혀 있고….”

“그런데, 엄마.” 앙투아네트가 말을 끊었다. “이건 도배장이 명함이잖아요….”

“도배장이라니, 무슨 소릴 하는 거니? 이리 줘봐. 그러네, 도배장이 명함이네. 맙소사, 맙소사, 내가 정신이 나갔나 봐, 알프레드. 몇 장이나 썼니, 앙투아네트?”

“백칠십이 장요, 엄마.”

“아! 그래도 꽤 되네!”

캉프 부부는 함께 만족스러운 한숨을 내쉬고는 세 번째

앙코르 요청 후에야 무대에 오른 두 배우처럼 행복한 피로와 승리감이 뒤섞인 표정을 지으며 웃는 얼굴로 서로를 쳐다보았다.

"나쁘진 않군, 안 그래?"

앙투아네트가 소심하게 물었다.

"그런데… 마드무아젤 이자벨 코세트가 내가 아는 이자벨 선생님이에요?" "그럼, 당연하지."

"오!" 앙투아네트가 탄성을 내질렀다. "선생님은 왜 초대해요?"

곧 앙투아네트의 볼이 새빨갛게 달아올랐다. 엄마가 성마른 목소리로 '그게 너랑 무슨 상관인데?'라고 말할 거라 예상했기 때문이다. 하지만 캉프 부인은 당황한 기색이 역력한 표정으로 설명했다.

"아주 참한 아가씨잖아. 사람들을 기쁘게 해줘야지."

"성미가 아주 고약한 여자예요." 앙투아네트가 반박했다.

이자벨 양은 캉프 부부와 사촌 지간으로 주식으로 큰돈을 번 유대인 집안 여러 곳을 돌아다니며 음악을 가르치는, 우산처럼 비쩍 마르고 꼿꼿한 노처녀였다. 그녀는 앙투아네트에게 피아노와 솔페지오 연습서를 가르쳤다. 아주 심한 근시였지만 자신의 눈이 제법 아름다우며 눈썹이 짙다고 자부했기에 절대 안경을 쓰지 않아서, 악보를 읽을 때는 분가루를 시퍼렇게 칠한 뾰족하고 통통하고 긴 코를 바싹 갖다 댔다. 앙투아네트가 틀리기라도 하면 그녀만큼이나 납작하고 딱딱한 흑단 자로 손가락을 사정없이 후려쳤다. 그녀는 늙은 까치만큼이나 사납고 까탈스러웠다. 레슨 전날 밤, 앙투아네트는 저녁기도를 하며(그녀의 아빠가 결혼하면서 개종을 했기 때문에 앙투아네트는 가톨릭 교육을 받으며 자랐다.) 속으로 열심히 중얼거렸다. '나의 주님, 이자벨 양이 오늘 밤 죽게 하소서.'

"앙투아네트 말이 맞아." 캉프 씨가 의외라는 표정으로 거들었다. "그 미친 여자는 뭐하러 초대해? 당신 보기에는 그녀가…."

캉프 부인이 화를 내며 어깨를 으쓱했다.

"아, 모르면 가만히나 있어. 그러지 않으면 우리가 무도회 연다는 걸 집안사람들이 어떻게 알겠어? 유대인과 결혼했다고 나랑 사이가 틀어진 로리동 숙모의 얼굴을 떠올려봐. 쥘리 라콩브, 마르티알 삼촌, 우리보다 돈 좀 많다고 보호자라도 되는 양 거만한 말투로 우릴 대하던 친척들 전부, 기억 안 나? 아주 간단해. 이자벨을 초대하지 않아서, 그다음 날 그 사람들 모두가 샘이 나 죽을 지경이라는 걸 알 수 없다면, 무도회는 아예 열지 않는 게 나아! 적어, 앙투아네트."

"살롱 두 곳에서 춤을 춰요?"

"당연하지. 회랑에서도 출 거야. 너도 알다시피, 우리 집 회랑이 아주 아름답잖아. 꽃바구니도 왕창 빌려서 장식할 거야. 두고 봐, 얼마나 근사할지, 한껏 차려입고 아름다운 보석으로 치장한 부인들과 정장 차림의 남자들이…. 레비드 브루넬리스키 부부의 집에서는 마치 꿈같은 광경이 펼쳐졌어. 탱고가 흐르는 동안, 전등을 모두 끄고 가장자리에 붉은빛이 들어오는 커다란 백대리석 등 두 개만 켜뒀는데…."

"오! 난 그런 거 별로야. 무슨 무도장 같잖아."

"요즘은 어디서나 다 그러는 것 같던데. 여자들은 음악이 흐르는 데에서 몸을 만져주는 거 좋아하거든. 밤참은 당연히 작은 식탁마다…."

"바에서 시작하는 건 어때?"

"그것도 좋은 생각이네. 도착하자마자 몸을 좀 녹여야 할 테니까. 앙투아네트 방에 바를 설치하면 되겠네. 하룻밤이니까 앙투아네트는 복도 끝에 있는 세탁실이나 창고에 재우고."

앙투아네트는 진저리를 쳤다. 그녀는 얼굴이 창백하게 질려서는 목이 멘 목소리로 나지막이 속삭였다.

"나도, 나도 십오 분 정도만 있으면 안 돼요?"

무도회… 맙소사, 맙소사, 몇 걸음 떨어지지 않은 곳에서 그녀가 미친 듯한 음악, 취할 듯한 향기, 눈부신 치장… 알코브처럼 어두컴컴하고 서늘한 외딴 규방에서 속삭이는 사랑의 밀어가 혼란스럽게 뒤섞이는 무언가로 막연하게 상상했던 그 눈부신 잔치가 벌어지는데, 바로 그날 밤, 자신은 여느 밤과 마찬가지로, 젖먹이 아기처럼, 아홉 시에 잠자리에 들어야 한다는 게 말이 되는가…. 어쩌면 캉프 부부에게 딸이 있다는 걸 아는 남자들이 앙투아네트가 어디 있는지 물을지도 몰랐다. 그러면 그녀의 엄마는 그 가증스러운 미소를 지으며 이렇게 대답할 터였다. "오, 그 애는 한참 전에 자러 갔어요." 앙투아네트가 이 땅에서 자기 몫의 행복을 누린다고 해서 엄마에게 해가 될 게 뭐가 있는가? 오! 세상에, 한 번만, 딱 한 번만, 진짜 젊은 아가씨처럼 예쁜 드레스를 입고 남자의 품에 안겨 춤을 춰봤으면. 그녀는 절망에 빠진 사람이 마지막 발악을 하듯, 장전된 권총의 방아쇠를 가슴에 대고 당기듯 눈을 질끈 감으며 다시 물었다.

"딱 십오 분만, 안 돼요, 엄마?"

"뭐라고? 어디 다시 한번 말해보렴." 기가 막힌다는 표정을 지으며 캉프 부인이 말했다.

"블랑 씨의 무도회에는 너도 가게 될 거야." 아빠가 말했다.

캉프 부인이 어깨를 으쓱하며 덧붙였다.

"정말이지, 얘가 미쳤나 봐…."

앙투아네트가 절망에 빠진 표정으로 별안간 소리를 질렀다.

"제발요, 엄마, 제발요…. 나도 이제 열네 살이에요, 엄마. 더는 어린애가 아니라고요. 나도 알아요, 여자는 열다섯 살이 되어야 사교계에 들어가는 거. 나는 열다섯 살처럼 보이잖아요. 그리고 내년에는…."

캉프 부인이 화가 나 쉰 목소리로 버럭 고함을 질렀다.

"이런, 이런, 요망한 것이! 이 코흘리개가 벌써 무도회에 참석하겠다고, 기가 막혀서! 이리 와봐, 그런 어림 반 푼어치도 없는 생각이 사라지게 해줄 테니. 아! 네가 내년에는 '사교계'에 들어갈 거라고? 도대체 누가 네 머릿속에 그런 생각들을 욱여넣었니? 잘 새겨둬, 이것아, 나는 이제야 겨우 살기 시작했어, 알아들어? 그래서 결혼시킬 딸 때문에 일찍부터 마음고생할 생각이 전혀 없어. 내가 저것의 귀를 잡아당겨 생각을 바로잡아주지 않고 왜 이러고 있나 몰라." 그녀가 앙투아네트에게 성큼 다가서며 같은 말투로 계속 말했다.

앙투아네트는 더욱 창백하진 얼굴로 물러섰다. 아이의 눈에 담긴 절망과 슬픔에 캉프 씨는 짠한 마음이 들었다.

"어허, 그만 좀 해." 그가 로진의 쳐든 손을 붙잡으며 말했다. "애가 피곤하고 흥분해서 아무 말이나 막 해대는 거야. 이제 가서 자, 앙투아네트."

앙투아네트는 미동도 하지 않았다. 엄마가 그녀의 어깨를 가볍게 밀치며 말했다.

"가서 자, 어서, 대꾸하지 말고. 빨리 안 가면…."

앙투아네트는 온몸을 부들부들 떨었다. 그러다가 터져 나오려는 눈물을 꾹 참고 천천히 방을 나섰다.

"고집하고는. 앞날이 훤하군…." 앙투아네트가 방을 나서자 캉프 부인이 말했다. "아닌 게 아니라 나도 저 나이 때는 딱 저랬어. 하지만 난 딸에게 절대 '안 돼!'라고 말하지 못했던 내 불쌍한 엄마랑은 달라. 두고 봐, 꼼짝 못 하게 휘어잡을 테니까."

"자고 일어나면 괜찮아질 거야. 피곤해서 그러는 거야. 벌써 열한 시잖아. 이렇게 늦게까지 깨어 있던 적이 없어서 흥분한 거야. 계속 명부나 작성하자고. 그게 더 재미있잖아." 캉프 씨가 말했다.

## III

미스 베티는 한밤중에 옆방에서 들려오는 울음소리에 잠에서 깼다. 그녀는 불을 켜고는 벽에 귀를 대고 잠시 들어보았다. 앙투아네트가 우는 소리를 듣는 건 처음이었다. 캉프 부인이 아무리 꾸짖어도, 앙투아네트는 눈물을 삼키는 데 대체로 성공했고, 입을 꾹 다문 채 아무 말도 하지 않았다.

"왓츠 더 매터 위드 유, 차일드? 아 유 일?"* 영국 여자가 물었다.

울음소리가 즉각 멈췄다.

"엄마한테 또 혼이 난 것 같은데, 다 너 잘되라고 그러시는 거야, 안-투아네트…. 내일 네가 엄마한테 용서를 빌고

* What's the matter with you, child? Are you ill(애, 무슨 일이니? 어디 아프니?)

서로 안아주면 다 끝날 거야. 그러니 늦은 시각에는 자야 해. 뜨거운 보리수 차 한 잔 타줄까? 싫어? 뭐라고 말 좀 해보렴." 앙투아네트가 계속 입을 다물고 있자, 그녀가 채근했다. "오! 디어, 디어, 예쁜 아가씨가 토라지면 보기 흉해. 네가 지금 네 수호천사의 마음을 아프게 하고 있잖아."

'빌어먹을 영국 여자 같으니', 앙투아네트는 인상을 찡그리며 웅얼거렸다. 그러고는 꽉 쥔 연약한 주먹을 벽을 향해 내밀었다. 더러운 이기주의자들, 위선자들, 모두, 모두 똑같아…. 그녀가 어둠 속에서 홀로 울다가 숨이 넘어가도, 그녀가 자신을 길 잃은 개마냥 처량하고 외롭다고 느껴도 모두 아랑곳하지 않았다.

아무도, 세상 누구도 그녀를 사랑하지 않았다…. 그러니까 아무것도 못 보고 멍청하기 짝이 없는 그들은, 감히 그녀를 키운다고, 그녀를 가르친다고 주장하는 그 모든 천박하고 무식한 졸부들은 그녀가 자기들보다 천 배나 더 똑똑하고 재치 넘친다는 사실을 모르고 있었다…. 아, 저녁 내내 그녀는 그들을 얼마나 비웃었는지! 그래도 그들은 당연히 아무것도 보지 못했다. 그녀가 그들이 보는 앞에서 울거나 웃어도 그들은 아무것도 보려 하지 않았다. 열네 살 어린 아이, 어린 여자아이, 그것은 그들에게 개처럼 무시해도 되는 하찮은 어떤 것이었다. 그들은 도대체 무슨 권리로 그녀를 억지로 재우고, 벌주고, 욕하는 것일까? '아! 저 사람들, 모조리 죽어버렸으면 좋겠어.' 벽 너머에서 영국 여자가 잠에 빠져 부드럽게 숨을 쉬는 소리가 들려왔다. 앙투아네트는 또다시 울기 시작했다. 이번에는 좀 더 나지막이, 입가와 입술 속으로 흐르는 눈물을 맛보면서. 그런데 갑자기 묘한 쾌감이 그녀를 사로잡았다. 그녀는 태어나서 처음으로, 얼굴을 찌푸리거나 딸꾹질을 하지도 않은 채, 그렇게, 조용히 울고 있었다. 성숙한 여자처럼. 나중에, 그녀는 사랑 때문에 그 같은 눈물을 흘리게 되리라…. 그녀는 한참 동안 깊고 나지막한 파도처럼 자신의 가슴 속에서 구르는 울음소리에 귀를 기울였다. 눈물에 젖은 입술에서 소금과 물의 맛이 났다. 그녀는 불을 켜고 호기심 어린 눈으로 거울을 들여다보았다. 눈꺼풀은 부어 있고, 두 뺨은 얼룩진 채 붉게 달아올라 있었다. 얻어맞은 여자아이처럼. 그녀는 아주 못 봐줄 정도로 흉했다. 그래서 그녀는 또다시 울음을 터뜨렸다.

"죽고 싶어요, 주님. 제발 죽게 해주세요…. 나의 주님, 나의 선하신 성모 마리아님, 왜 저를 저들 사이에서 태어나게 하셨나요? 그들에게 벌을 내려주세요, 제발…. 저들을 한 번만 벌해주세요. 전 정말이지 죽고 싶어요…."

그녀가 기도를 멈추고 갑자기 큰소리로 외쳤다.

"어쩌면 선하신 주님도, 성모 마리아도 다 거짓말이야. 책에 나오는 착한 부모와 행복한 시절처럼 다 거짓일 거야…."

아! 그래, 행복한 시절이라니, 행복한 시절 좋아하네, 농담도 무슨 그런 농담을! 그녀는 자기 손을 깨물며 화가 나서

되뇌었다. 손을 하도 세게 깨무는 바람에 피가 나는 것이 느껴졌다.

“행복, 행복, 나는 차라리 죽어서 땅속 깊숙이 묻혔으면 좋겠어….”

노예. 감옥. 날마다 같은 시각에 같은 몸짓을 반복하고…. 부모는 그녀를 같은 시각에 일어나게 하고, 길에서 지나가는 사람들이 하찮은 여자아이를 한순간도 눈으로 좇지 않도록 일부러, 일부러 하녀처럼 맨날 시커먼 옷만 입히고, 큼직한 반장화에 줄무늬 양말만 신기고…. 바보 같은 사람들, 당신들은 결코 보지 못할 거야. 이 꽃처럼 민감한 피부를, 매끄럽고, 순결하고, 신선하고, 푸르스름한 눈꺼풀을, 그리고 겁에 질린 듯, 뻔뻔한 듯, 호소하고, 무시하고, 기다리는 이 아름다운 두 눈을…. 절대, 절대 더는 안 기다릴 거야. 이 나쁜 욕망들, 석양이 질 무렵 서로를 껴안고 걸어가는, 술에 취한 사람들처럼 살짝 비틀거리며 지나가는 두 연인을 볼 때 마음을 갉아먹는 부끄럽고 절망에 찬 시샘은 왜 이는 걸까? 열네 살의 나이에 노처녀의 증오심을 갖다니? 언젠가는 자기 몫을 누릴 수 있다는 것은 그녀도 잘 알고 있었다. 하지만 그것은 너무 멀었다. 결코 오지 않을 것처럼. 그때까지는 굴욕적이고 답답한 생활과 레슨, 엄격한 규율을 소리나 빽빽 질러대는 엄마….

“그 여자, 그 여자는 감히 날 위협했어!”

그녀는 일부러 크게 소리쳤다.

"그러지 말았어야 했어…."

엄마의 쳐든 손이 떠올랐다.

'그녀가 감히 날 때렸다면 나도 할퀴고 물어뜯었을 거야. 그리고, 언제든 달아날 수 있어. 영원히, 저 창문으로….' 그녀는 열에 들떠 생각했다.

그녀는 피투성이가 되어 길에 쓰러져 있는 자신을 상상했다…. 그러면 15일의 무도회는 열릴 수 없을 것이다. 엄마는 이렇게 말하겠지. "계집애, 죽기로 작정했으면 다른 날을 고를 수도 있었잖아!" 자기 입으로 이렇게까지 말했으니까. "나도 사는 것처럼 살고 싶어, 나도, 나도…." 어쩌면 엄마의 그 말이 다른 무엇보다 훨씬 안 좋았다…. 앙투아네트는 엄마의 눈에서 그토록 차갑고 적의에 찬 여자의 시선을 한 번도 본 적이 없었다.

'더러운 이기주의자들. 사는 것처럼 살고 싶은 건 바로 나야. 나, 나라고! 난 젊잖아. 저들은 내 몫을 훔치고 있어. 지상에서 내가 누릴 몫의 행복을 훔치고 있다고. 아! 기적이 일어나서 내가 그 무도회에 참가할 수 있다면! 그래서 가장 아름답고, 가장 눈부신 여자가 되어 모두를 발아래 거느릴 수 있다면!'

그녀가 입을 오므리고 소곤거렸다.

"저 아가씨가 누군지 아세요? 바로 캉프 양이에요. 반듯하고 참하지는 않지만 평범하지 않은 매력을 갖고 있어요. 너무나 섬세하고, 아가씨 중에서 단연 돋보이죠, 안 그래요? 반면에 캉프 양의 엄마는 그녀에 비하면 마치 부엌데기 같다니까요….”

그녀는 눈물에 젖은 베개에 머리를 올려놓고 눈을 감았다. 나른하고 허한 일종의 쾌감이 그녀의 고단한 팔다리에 부드럽게 퍼져나갔다. 그녀는 가벼운 손가락을 움직여 잠옷 속으로 자신의 몸을 어루만졌다. 부드럽게, 경건하게, 사랑을 위해 준비된 아름다운 몸…. 그녀는 속삭였다.

“열다섯 살, 오 로미오, 줄리엣의 나이….”

그녀가 열다섯 살이 되면, 세상의 맛이 바뀔 터였다.

## IV

이튿날, 캉프 부인은 지난 밤에 있었던 일에 대해서는 앙투아네트에게 한마디도 하지 않았다. 하지만 아침을 먹는 내내 화가 났을 때 곧잘 쏟아내는 일련의 짤막한 잔소리를 하며 딸에게 자신의 기분이 좋지 않다는 것을 알리려 했다.

“또 무슨 생각에 빠져서 입을 쑥 내미니? 입 다물고 코로 숨 쉬어! 부모가 누군지 참 좋기도 하겠다, 딸아이가 맨날 정신을 딴 데 팔고 있으니…. 똑바로 앉아! 식사 태도가 그게 뭐니? 식탁보 더럽혔잖아! 요것이 정말이지, 나이가 몇인데 깔끔하게 먹지도 못하니? 제발 코 좀 훌쩍이지 말고. 넌 그런 얼굴을 할 게 아니라 지적을 하면 귀 기울이는 법을

배워야 해. 이젠 아예 대답도 안 하니? 꿀 먹은 벙어리라도 된 거야? 이런, 이젠 눈물까지 글썽이고…." 그녀가 벌떡 일어나서 냅킨을 식탁에 내던지며 말을 이었다. "그 꼬락서니를 보고 있느니 차라리 내가 나가는 게 낫겠다, 멍청한 것."

그녀는 문을 거칠게 밀고 나가버렸다. 앙투아네트와 영국 여자, 둘만 어질러진 식기를 앞에 두고 덩그러니 앉아 있었다.

"그러고 있지 말고 후식이나 마저 먹으렴, 안-투아네트. 독일어 수업에 늦겠다." 미스 베티가 속삭였다.

앙투아네트는 부들부들 떨리는 손으로 막 껍질을 벗긴 오렌지 조각을 입으로 가져갔다. '그 여자'가 아무리 잔소리를 해대도 자신은 아무렇지도 않으며 오히려 무시해버린다고 의자 뒤에 버티고 서 있는 하인이 믿게끔, 그녀는 천천히, 차분하게 먹으려고 애썼다. 하지만 퉁퉁 부은 눈꺼풀에서 자신도 모르게 흘러나온 눈물이 옷 위에 뚝뚝 떨어져 반짝였다.

잠시 후, 캉프 부인이 공부방으로 들어왔다. 손에는 초대장 뭉치를 들고 있었다.

"간식 먹은 다음에 피아노 레슨 갈 거지, 앙투아네트? 넌 이자벨 선생님한테 초대장 전해주고, 나머지는 미스가 우체국에 들러서 좀 부쳐줘요."

"알겠습니다, 캠프 부인."

우체국은 사람들로 북적였다. 미스 베티가 시간을 확인

했다.

"어쩌지? 시간이 없는데…. 벌써 늦었어. 우체국은 네가 레슨을 받는 동안 다시 들를게." 그녀가 앙투아네트의 눈길을 피하며 말했다. 그녀의 볼이 평소보다 발갛게 달아올랐다. "그래도 괜찮지, 안-투아네트?"

"예." 앙투아네트는 이렇게 웅얼거리고는 더는 아무 말도 하지 않았다. 하지만 서두르라고 재촉해대던 미스 베티가 그녀를 이자벨 양의 집 앞에 남겨두고 출발하자, 앙투아네트는 마차가 드나드는 대문 귀퉁이에 숨어 잠시 기다렸다. 그녀는 길모퉁이에 서 있는 택시를 향해 걸음을 재촉하는 영국 여자를 보았고, 택시가 바로 앞을 지나갈 때는 까치발을 하고 호기심과 두려움이 묻어나는 눈길로 택시 안을 들여다보았다. 하지만 아무것도 볼 수 없었다. 그녀는 멀어져가는 택시를 눈으로 좇으며 잠시 꼼짝 않고 서 있었다.

'사귀는 남자가 있을 줄 알았다니까. 그들은 지금쯤 소설에 나오는 것처럼 택시 안에서 입을 맞추고 있겠지. 그가 그녀에게 사랑해라고 말할까? 그럼 그녀는? 그녀는, 그의 애인일까?' 그녀는 알 수 없는 고통과 함께 일종의 수치심과 격렬한 혐오감을 느끼며 생각했다. '자유롭게 남자와 단둘이서. 그녀는 얼마나 행복할까. 그들은 아마도 숲으로 갈 거야. 엄마가 그들을 봐야 하는 건데…. 아! 그래야 하는 건데!' 그녀는 주먹을 움켜쥐며 웅얼거렸다. '아냐, 사랑에 빠진 사람들은 행복해야 해. 그들은 지금 행복해. 그들은 함께

있고 서로를 껴안고 있어. 온 세상이 서로 사랑하는 남녀들로 가득해…. 그런데 왜 나만 아니지?'

책가방이 그녀의 팔 끝에 매달려 달랑거리고 있었다. 그녀는 증오에 찬 눈길로 그것을 바라보다가 깊은 한숨을 내쉬고는 천천히 발길을 돌려 마당을 가로질렀다. 이미 레슨에는 늦었다. 이자벨 양은 이렇게 말할 터였다. "시간을 잘 지키는 게 제대로 교육받고 자란 학생이 선생님들에 대해 지켜야 할 첫 번째 의무라는 거 안 배웠니, 앙투아네트?"

'그 여자는 정말이지 멍청하고, 늙었고, 못생겼어….' 앙투아네트는 분통을 터뜨리며 생각했다.

하지만 막상 이자벨 양 앞에 선 앙투아네트는 큰 소리로 말을 늘어놓았다.

"안녕하세요, 선생님. 엄마가 심부름을 시키는 바람에 늦었어요. 엄마가 이거 전해드리래요."

그녀는 봉투를 내밀며 갑자기 생각이 떠오른 듯 덧붙였다.

"그리고 오늘은 평소보다 오 분 일찍 레슨을 끝내 달라고 했어요."

그렇게 하면 미스 베티가 남자와 함께 오는 것을 볼 수 있을지도 몰랐다.

하지만 이자벨 양은 듣는 둥 마는 둥 했다. 그녀의 신경은 온통 캉프 부인의 초대장에 쏠려 있었다.

앙투아네트는 그녀의 길고 마른 갈색 뺨이 갑자기 발갛게 상기되는 것을 보았다.

"뭐야? 무도회? 네 엄마가 무도회를 여니?"

그녀는 초대장을 이리저리 뒤집어보고는 손등에 대고 슬슬 비벼보았다. 새긴 걸까, 아니면 그냥 인쇄한 걸까? 새김이냐 인쇄냐에 따라 단가가 적어도 40프랑은 차이가 났다. 그녀는 감촉을 통해 곧 새김이라는 것을 알 수 있었다. 그녀는 언짢은 표정으로 어깨를 으쓱했다. 캉프 부부는 늘 허영심이 많았고, 낭비벽이 심했다. 예전에, 로진이 파리은행에서 일했을 때도(맙소사, 사실 그렇게 오래되지도 않았다!) 월급을 몽땅 치장하는 데 써버렸고, 실크 속옷을 입었으며, 매주 새 장갑을 꼈다. 모르긴 해도 호텔을 드나들었을지도. 행복은 그런 여자들 몫이었다. 다른 여자들은…. 그녀는 비통한 표정으로 웅얼거렸다.

"네 엄마는 늘 운이 좋았어…."

'부아가 치미는 모양이네.' 앙투아네트는 이렇게 생각하며 약이라도 올리듯 물었다.

"선생님도 오실 거죠, 그렇죠?"

"네 엄마가 정말 많이 보고 싶으니까 어떻게든 최선을 다해보마. 그런데 그럴 수 있을지 모르겠다. 내 친구들, 그로 부부라고, 내 제자 중 하나의 부모인데, 아리스티드 그로 씨는 고위공무원으로 일하셨던 분이지. 네 아빠도 분명히 그 분 존함을 들어봤을 거야. 나랑은 아주 오래전부터 알고 지낸 사이야. 그 부부가 날 연극에 초대했거든. 내가 꼭 가겠다고 약속했는데, 무슨 말인지 알겠지? 아무튼 그건 내가 어떻게든 해보마." 그녀가 확답을 주지 않은 채 말을 마쳤다. "어쨌거나 네 엄마한테는 오랜만에 함께 시간을 보내면 참 좋을 것 같다고 말하더라고 전하렴."

"예, 선생님."

"자, 이제, 레슨을 하자꾸나. 저기 가서 앉으렴."

앙투아네트는 플러시 천 의자를 피아노 앞으로 천천히 돌렸다. 그녀는 의자의 천에 난 얼룩과 구멍들을 보지 않고도 그릴 수 있을 정도였다. 앙투아네트가 피아노 건반을 치기 시작했다. 멍한 눈길로 벽난로 위의 노란색 화분을 쳐다보며. 안쪽에는 먼지가 쌓여 시커멓고 꽃이 꽂혀있는 모습을 한 번도 본적이 없는 화분을. 그리고 선반들 위에 놓인 보기 흉한 작은 조개껍데기 상자들도. 벌써 몇 년째 드나드는 이 음울하고 작은 아파트는 얼마나 흉측하고, 비루하고, 음산한지….

이자벨 양이 악보를 정리하는 동안, 그녀는 잽싸게 고개를 돌려 창 쪽을 바라보았다. '헐벗은 채 파르르 몸을 떠는 겨울나무, 진주처럼 하얀 하늘, 석양이 진 숲은 정말 아름다울 거야…' 일주일에 세 번, 6년 전부터 한 주도 빼놓지 않고… 이 고역은 그녀가 죽을 때까지 계속될까?

"앙투아네트, 앙투아네트, 너 지금 손가락을 어떻게 하고 있니? 이 부분 좀 다시 쳐보겠니? 네 엄마 무도회에 사람들이 많이 올까?"

"엄마가 이백 명을 초대했어요."

"오! 자리가 충분할 거라고 생각하는 모양이지? 너무 더울까 봐, 너무 비좁을까 봐 걱정 안 해? 더 세게 쳐, 앙투아네트, 힘을 줘서! 왼손에 힘이 빠졌어, 얘. 이 음계는 다음에 하고, 체르니 3권 18번 곡을 연습하자꾸나."

음계, 연습. 벌써 몇 달째 멘델스존의 〈아세의 죽음〉, 〈무언가無言歌〉, 호프만 이야기의 〈바르카롤〉, 이 모든 곡이 초등학생의 뻣뻣한 손가락 아래에서 형식도 갖추지 못한 채 시끄럽기만 한 소음 따위로 녹아들었다.

이자벨 양은 필기장을 둘둘 말아 손에 쥐고 강하게 박자를 쳐댔다.

"왜 손가락으로 건반을 그렇게 눌러대니? 스타카토, 스타카토. 네가 약지와 새끼손가락을 어떻게 쥐고 있는지 내가 모를 것 같니? 이백 명이나 초대했다고? 너, 그 사람들 다 아니?"

"아뇨."

"네 엄마가 새로 산 분홍색 프르메* 드레스를 입을까?"

"…."

"너는? 너도 무도회에 참가하지? 너도 이제 다 컸잖아!"

"그러게요…." 고통스럽게 몸을 떨며 앙투아네트가 중얼거렸다.

"더 빨리, 더 빨리… 이 부분은 이런 식으로 연주해야 해.

---

* Madame Premet, 1920년대 파리의 유명 패션 디자이너.

하나, 둘, 하나, 둘…. 뭐야, 너 지금 졸고 있니, 앙투아네트? 그다음 악절, …얘!"

그다음, 매번 걸리고 마는, 반음 올림표들이 삐죽삐죽 솟아있는 악절. 이웃 아파트에서 아이 우는 소리가 들려온다. 이자벨 양이 불을 켰다. 바깥에선 하늘이 컴컴해지더니 서서히 지워졌다. 괘종시계가 네 번 친다. 손가락 사이로 빠져나가 영원히 돌아오지 않을, 잃어버린, 침몰해버린 또 1시간…. '아주 멀리 떠나거나 죽어버리고 싶어….'

"피곤하니, 앙투아네트? 벌써? 난 네 나이 때 하루에 여섯 시간씩 연주했어. 잠시 기다리렴. 그렇게 빨리 뛰어나가지 말고. 넌 참 급하기도 하구나. 십오 일에 내가 몇 시쯤 가면 될까?"

"초대장에 쓰여 있잖아요. 열 시라고."

"그렇군. 하지만 너하고는 그 전에 보게 되겠지?"

"예, 선생님."

밖으로 나오자, 거리는 텅 비어 있었다. 앙투아네트는 벽에 등을 대고 서서 기다렸다. 잠시 후, 그녀는 남자의 팔에 매달린 미스 베티의 다급한 걸음 소리를 알아챘다. 앙투아네트는 앞으로 불쑥 뛰어나갔고, 연인과 다리를 부딪혔다. 미스 베티가 가벼운 비명을 내질렀다.

"오, 미스, 기다린 지 십오 분이나 됐어요…."

그 순간, 거의 눈앞에서 미스 베티의 얼굴을 본 앙투아네트는 그녀의 돌변하는 표정 탓에 아는 척을 할까 말까 망설이기라도 하는 것처럼 말꼬리를 흐렸다. 하지만 그녀는 꺾인 꽃처럼 상처 입은, 애처롭게 벌어진 미스 베티의 작은 입은 보지 못했다. 앙투아네트는 '남자'를 탐욕스런 눈길로 쳐다보고 있었다.

갓 스물을 넘긴 아주 젊은 남자였다. 서툴게 면도를 한 탓에 발갛게 부어오른 부드러운 입, 능글맞은 멋진 눈. 어쩌면 고등학생일지도. 그는 담배를 물고 있었다. 미스 베티가 우물쭈물 변명을 늘어놓는 동안, 그가 큰 소리로 차분하게 물었다.

"나도 소개해줘야죠, 누나."

"내 사촌 동생이야, 안-투아네트." 미스 베티가 말했다.

앙투아네트는 손을 내밀었다. 청년이 희미하게 웃고는 입을 다물었다. 그가 잠시 생각을 하다가 제안했다.

"내가 바래다줘도 되지, 안 그래?"

세 사람은 어둡고 인적이 없는 좁은 거리를 말없이 걸어 내려갔다. 바람이 앙투아네트의 얼굴에 눈물이 뿌옇게 밴 듯 습하고 선선한 공기를 불어댔다. 앙투아네트는 걸음을 늦추고 서로를 안은 채 말없이 앞서 걷는 연인을 바라보았다. 그들은 얼마나 빨리 걸어가던지…. 앙투아네트는 걸음을 멈췄다. 그들은 돌아보지도 않았다. '내가 차에 치여도, 그 소리가 저들에게 들리기나 할까?' 앙투아네트는 묘한 씁쓸함을 느끼며 속으로 생각하다가 지나가던 한 남자와 부딪혔다. 앙투아네트는 겁에 질려 흠칫 뒤로 물러섰다. 남자는 가로등에 불을 붙이는 사람이었다. 남자가 긴 장대로 가로등을 하나씩 건드리자, 가로등들이 어둠 속에서 빛을 발했다. 가로등 불빛들이 바람에 날리는 촛불처럼 깜빡거리며 흔들렸다…. 앙투아네트는 더럭 겁이 났다. 그래서 온 힘을 다해 앞으로 달려갔다.

앙투아네트는 알렉상드르 3세 다리 앞에서 두 연인을 따라잡았다. 그들은 얼굴을 마주 보며 아주 빨리, 아주 작은 목소리로 얘기를 나누고 있었다. 남자가 앙투아네트를 흘낏 보더니 짜증스러운 몸짓을 했다. 미스 베티가 잠시 난감해하더니 문득 좋은 생각이 떠오른 듯 핸드백을 열고는 봉투 뭉치를 꺼냈다.

"안-투아네트, 이거 네 엄마 초대장인데, 내가 아직 우체국에 갖다주지 못했어. 저기, 왼쪽 골목에 있는 담뱃가게 불빛 보이지? 저기로 후딱 달려가서 우체통에 좀 넣어줘. 우린 여기서 기다리고 있을게."

그녀는 초대장 뭉치를 앙투아네트의 손에 억지로 쥐여주고는 후다닥 달려갔다. 앙투아네트는 그녀가 다시 멈춰 서서 고개를 숙이고 남자를 기다리는 것을 보았다. 그들은 난간에 기댔다.

앙투아네트는 꼼짝도 하지 않았다. 어둠 탓에 앙투아네트의 눈에 보이는 것이라곤 두 개의 흐릿한 그림자, 그리고 그 옆에서 빛을 반사하고 있는 시커먼 센강의 물결뿐이었다. 그들이 입을 맞췄을 때도, 앙투아네트는 그 모습을 보기

어려웠고, 얼굴 두 개가 서로를 향해 꺾어지는 것을, 말하자면 천천히 맞닿는 것을 짐작했을 따름이었다. 그러다 앙투아네트는 갑자기 손을 뒤틀었다. 마치 질투에 사로잡힌 여인처럼…. 그 바람에 봉투 하나가 손에서 빠져나가 땅에 떨어졌다. 그녀는 더럭 겁이 났다. 그래서 그것을 서둘러 주웠다. 그런데 바로 그 순간, 그렇게 겁을 집어먹은 것이 너무 창피했다. '뭐야? 어린애처럼 계속 떨고만 있을 거야?' 그녀는 여자가 될 자격이 없었다. 저 두 사람은 저렇게 입을 맞추고 있는데. 그들은 여전히 입술을 맞대고 있었다. 앙투아네트는 어지러웠다. 모든 걸 뒤엎어버리고 싶은, 못된 짓을 저지르고 싶은 거센 욕구가 그녀를 사로잡았다. 그녀는 이를 악물고 초대장들을 모조리 구기고는 갈기갈기 찢어 센강에 냅다 던져버렸다. 그러고는 부푼 가슴을 안고 찢긴 초대장 조각들이 다리의 아치 기둥 주변을 떠다니는 것을 바라보았다. 한참 동안, 바람이 그것들을 강물에 실어가버릴 때까지.

V

앙투아네트가 미스 베티와 산책을 마치고 돌아온 것은 여섯 시가 거의 다 되었을 무렵이었다. 초인종을 눌러도 기척이 없어 미스 베티가 문을 두드렸다. 가구 옮기는 소리가 문밖까지 들려왔다.

"탈의실을 마련하는 모양이네. 참, 무도회가 오늘 밤이지. 난 늘 깜빡한다니까. 넌 기억하고 있었니?" 영국 여자가 말했다.

그녀는 두려움이 베인 공모의 표정을 지으며 앙투아네트에게 부드럽게 웃어주었다. 지난번 이후로는 앙투아네트를 데리고 데이트를 하지 않았지만, 그 후로 앙투아네트가 너무 말이 없어져서 미스 베티는 아이의 침묵과 눈길이 은근히 불안했다.

하인이 문을 열어주었다.

식당에서 전기기사가 일하는 것을 지켜보고 있던 캉프 부인이 곧바로 화가 잔뜩 난 목소리로 외쳤다.

"하인용 계단으로 올라올 수도 있었잖아, 안 그래? 대기실을 탈의실로 꾸미는 거 뻔히 알면서 말이야. 지금부터 모든 걸 다시 시작해야 해. 절대 제 시간에 맞게 끝나지 않을 거야." 방을 치우는 건물 관리인과 조르주를 돕기 위해 탁자를 움켜 잡으면서 그녀가 말을 이었다.

식당, 그리고 식당과 연결된 긴 회랑에서 하얀 천으로 된 상의를 입은 시중꾼 여섯이 야식용 식탁들을 배치하고 있었다. 그 가운데에는 온통 꽃으로 장식한 뷔페가 차려져 있었다.

앙투아네트는 자기 방으로 들어가고 싶었다. 그런데 캉프 부인이 또다시 소리를 질렀다.

“네 방은 안 돼, 그쪽으로 가지 마. 네 방에는 바가 차려져 있어. 당신 방도 마찬가지예요, 미스. 오늘은 옷방에서 자도록 해요. 앙투아네트, 너는 작은 창고에서 자고. 구석진 곳이라 음악 소리가 들리지 않을 테니 편히 잘 수 있을 거야. 지금 뭐하고 계세요? 전등에 불이 안 들어오잖아요.” 그녀가 서두르는 기색 없이 콧노래를 흥얼거리며 일하는 전기 기사에게 말했다.

“시간이 걸립니다, 부인….”

화가 난 로진은 어깨를 으쓱하며 낮은 목소리로 구시렁거렸다.

“맨날 시간 타령, 벌써 한 시간이나 지났구만.”

그녀는 이렇게 말하며 주먹을 꽉 움켜쥐었는데, 앙투아네트는 그 몸짓이 자신이 화가 났을 때 하는 행동과 너무 똑같아서 불현듯 거울 속의 자기 모습을 본 것처럼 꼼짝 않고 서서 부르르 몸을 떨었다.

캉프 부인은 실내복 차림으로 맨발에 실내화를 신고 있었다. 풀어 헤친 머리카락이 벌겋게 달아오른 얼굴을 뱀처럼 휘감고 있었다. 꽃장수가 두 팔 가득 장미를 안은 채 벽에 등을 대고 서 있는 앙투아네트 앞을 지나가려고 서성였다.

“좀 지나갈게요, 아가씨.”

“넌 비키지 않고 거기 서서 뭐하니!” 캉프 부인이 버럭 고함을 지르는 바람에 앙투아네트가 흠칫 놀라 물러서다가 팔꿈치로 꽃장수를 쳤다. 그러다 장미 한 송이가 바닥에 떨어지고 말았다.

“정말 참아줄 수가 없구나!” 그녀가 어찌나 크게 고함을 질렀는지 탁자 위에 놓인 유리그릇들이 떨면서 소리를 냈다. “걸리적거리면서 모두에게 방해만 되는데 뭘 꾸물대니? 어서 네 방, 아니, 거기 말고 옷방, 아니, 너 좋을 대로. 안 보이고 소리도 안 들리는 데로 가!”

앙투아네트가 물러가자, 캉프 부인은 서둘러 식당을, 그리고 얼음을 가득 채운 샴페인 통들이 잔뜩 널려 있는 찬방을 가로질러 남편의 서재로 갔다. 캉프 씨는 통화를 하고 있었다. 그가 수화기를 내려놓자마자 그녀가 소리쳤다.

“당신 뭐 하고 있어? 아직 면도도 안 했어?”

“여섯 시밖에 안 됐는데? 당신 미쳤군!”

“우선, 여섯 시가 아니라 여섯 시 반이야. 그리고 시간이 다 되어서 또 장을 봐야 할지도 몰라. 그러니까 만반의 준비를 해놓고 있는 게 나아.”

“단단히 미쳤군.” 그가 성질을 내며 다시 말했다. “장 보는 일은 하인들 시키면 되잖아.”

“지체 높은 귀족인 척, 신사인 척을 하니 마음에 들기는 하네.” 그녀가 어깨를 으쓱하며 말했다. “하인들 시키면 되잖아.’ 제발 이따가 손님들한테도 그렇게 굴어봐.”

캉프 씨가 버럭 소리를 질렀다.

“또, 또! 제발 짜증 좀 부리지 마!”

“내가 지금 짜증을 안 부리게 생겼어? 되는 일이 하나도 없는데?" 그녀가 울먹이는 목소리로 외쳤다. "저 빌어먹을 하인들은 절대 준비를 마치지 못할 거야! 내가 돌아다니면서 일일이 확인해야 한다니까. 벌써 며칠째 잠도 못 자고 있어. 완전히 지쳤어. 미쳐버릴 것 같다니까!"

그녀가 작은 은 재떨이를 집어 바닥에 내던졌다. 그래도 그렇게 한바탕하고 나자 좀 진정이 되는 것 같았다. 약간 머쓱했는지 그녀가 슬며시 웃으며 말했다.

"내 잘못이 아니야, 알프레드…."

캉프 씨는 대답하지 않고 고개만 절레절레 저었다. 캉프 부인이 방을 나서려고 하자, 그가 아내를 불러세웠다.

"있잖아, 당신한테 물어보고 싶었는데, 아직 아무한테도 연락 못 받았어? 초대한 사람들한테서 답장이 전혀 없었어?"

"응, 그게 왜?"

"그냥 좀 이상해서…. 마치 다들 짜고 그러는 것 같아. 바르텔레미한테 초대장 잘 받았느냐고 물어보고 싶었는데, 벌써 일주일째 증권거래소에 코빼기도 안 내비쳐. 전화 한 번 해볼까?"

"지금? 바보 같은 짓이야."

"그래도 이상하잖아."

캉프 부인이 그의 말을 끊었다.

"원래 답장하는 게 아닌 모양이지, 뭐. 그냥 오거나 오지 않거나…. 내가 무슨 말을 해주길 바라? 난 오히려 기뻐. 온다고 해놓고 바람맞힐 생각을 한 사람이 아무도 없다는 뜻이니까. 못 오면 적어도 사과는 했겠지, 안 그래?"

남편이 아무 대답도 하지 않자, 그녀가 초조한 기색으로 재차 물었다.

"안 그래, 알프레드? 내 말이 맞지? 어떻게 생각해?"

캉프 씨가 양팔을 늘어뜨리며 대답했다.

"모르겠어…. 내가 어떻게 대답하길 바라는 거야? 모르는 건 나도 마찬가지야."

그들은 잠시 아무 말없이 서로를 쳐다보았다. 캉프 부인이 고개를 떨구며 한숨을 내쉬었다.

"오! 맙소사, 우리 마치 길 잃은 사람들 같아, 안 그래?"

"지나갈 거야." 캉프 씨가 말했다.

"나도 알아. 하지만 지나가길 기다리자니…. 오, 내가 얼마나 겁이 나는지 당신이 알겠어? 차라리 얼른 끝났으면 좋겠어."

"너무 초조해하지 마." 캉프 씨가 건성으로 말했다.

그러면서 정작 자신은 멍한 표정으로 종이칼을 손에 쥐고 빙빙 돌리고 있었다. 그가 말을 이었다.

"무엇보다 가능한 한 말을 적게 해야 해. 아주 의례적인 말만 해. '이렇게 뵙게 되어 너무 행복해요, 뭐라도 좀 드세요, 날씨가 덥네요, 날씨가 쌀쌀하네요.' 이런 것들 말이야."

"생각만 해도 끔찍한 건 사람들을 소개할 때야." 캉프 부인이 걱정스럽다는 투로 말했다. "생각해봐. 그 사람들, 평생 딱 한 번 봤을 뿐인데, 얼굴도 잘 모르는데, 그들끼리도 잘 알지도 못하고, 공통점도 없는데…."

"그럼 그냥 대충 얼버무려. 어쨌거나 세상 사람 모두가 우리와 다를 바 없어. 누구나 어느 날 시작했을 테니까."

"우리가 살았던 파바르 가의 작은 아파트 기억나?" 캉프 부인이 갑자기 물었다. "주방에 있던 낡은 소파를 바꾸기 전에 우리가 얼마나 망설였는지? 그게 사 년 전 일이야. 그런데 봐." 그들을 에워싸고 있는 무거운 청동 가구들을 가리키며 그녀가 덧붙였다.

"그러니까 당신 말은 앞으로 사 년 후에는 우리가 대사들을 초대하게 될 거고, 오늘 밤 기둥서방과 늙은 술집 여자 백여 명을 초대해놓고 여기서 얼마나 벌벌 떨었는지 떠올리게 될 거라는 거지, 응?"

그녀가 웃으며 입술에 손가락을 갖다 댔다.

"쉿, 누가 듣겠어!"

그녀는 방을 나서다가 무도회 준비에 문제가 생겼다고 알리러 온 조르주와 부딪혔다. 모세르*가 샴페인과 함께 배달되지 않은 것이었다. 게다가 바텐더는 칵테일에 쓸 진이 충분하지 않을 것 같다고 했다.

캉프 부인이 두 손으로 머리를 감쌌다.

"아, 설상가상이라더니 꼭 이런다니까!" 그녀가 소리를

---

* mosser, 샴페인에 무스를 만들기 위해 휘젓는 막대.

지르기 시작했다. "좀 더 일찍 나한테 알려줄 수도 있었잖아요, 안 그래요? 이 시간에 진을 어디서 구해오라는 거예요? 가게들은 다 닫았을 거고. 게다가 모세르는…."

"운전기사를 보내요, 여보." 캉프 씨가 말했다.

"운전기사는 저녁 식사를 하러 갔습니다." 조르주가 대답했다.

"그러시겠지." 캉프 부인이 미친 듯이 화를 내며 소리쳤다. "당연히 그러시겠지! 그 빌어먹을…." 그녀는 서둘러 말을 고쳤다. "우리에게 자기가 필요하든 말든 아무 상관이 없겠지. 그러니까 때가 되면 식사하러 가시는 거겠지! 내일 해 뜨자마자 쫓아내야 할 사람이 여기 또 하나 생겼군." 그녀가 조르주를 보며 화가 잔뜩 나서 이렇게 덧붙이자, 하인도 면도한 긴 입술을 오물거리며 즉각 받아쳤다.

"저 들으라고 하시는 말씀이라면…."

"아뇨, 조르주, 아니에요, 그럴 리가요…. 나도 모르게 툭 튀어나온 말이에요. 보다시피 내가 신경이 곤두서서 그래요." 그녀가 어깨를 으쓱하며 말했다. "지금 당장 택시를 잡아 타고 니콜라의 가게로 가세요. 조르주한테 돈을 줘요, 알프레드."

그녀는 황급히 자기 방으로 달려가며, 가는 길에 꽃들을 바로 세웠다. 그 와중에 하인들에게 잔소리하는 것도 잊지 않았다.

"저기 저 프티 푸르* 접시는 저 자리가 아니잖아요…. 꿩

꼬리 깃털은 더 꼿꼿하게 세워요. 샌드위치! 신선한 캐비아 샌드위치는 어디 있어요? 그건 너무 앞쪽에 내놓지 말아요. 서로 먹으려고 달려들 테니까. 그리고 푸아그라는? 푸아그라를 깜빡한 게 틀림없어! 내가 일일이 살피지 않으면 이렇다니까!"

"푸아그라는 지금 포장을 풀고 있습니다, 부인." 조르주가 말했다.

그는 비웃는 기색이 역력한 눈길로 그녀를 쳐다보았다.

'내 꼬락서니가 분명 우스꽝스러워 보일 거야.' 캉프 부인은 거울에서 벌겋게 달아오른 자신의 얼굴, 얼빠진 듯한 눈, 부들부들 떨리는 입술을 보고는 문득 이런 생각을 했다. 하지만 피곤에 전 어린아이처럼 아무리 애를 써도 진정하기가 어려웠다. 그녀는 완전히 탈진 상태였고, 금방이라도 눈물이 쏟아질 것 같았다.

그녀는 자기 방으로 돌아갔다.

하녀가 침대 위에 은실로 짜고 굵은 술에 진주를 꿰어 장식한 무도회 의상, 보석처럼 반짝이는 신발, 모슬린 양말을 펼쳐놓고 있었다.

"지금 바로 저녁 드시나요, 부인? 무도회 준비에 방해가 안 되게 저녁을 여기다 차리게…."

"나 배 안 고파." 캉프 부인이 화를 내며 말했다.

---

* petit-four, 한입에 먹을 수 있는 작은 과자.

"좋으실 대로 하세요. 하지만 저는 저녁 먹으러 가도 되죠?" 뤼시가 입술을 깨물며 말했다. 캉프 부인이 장장 네 시간 동안 술 장식을 따라 올이 풀린 곳에 진주를 박아 다시 꿰매게 했기 때문이다. "벌써 여덟 시가 다 됐고, 저희도 짐승이 아니라는 것을 부인께 말씀드리고 싶어요."

"가봐, 가보라고, 내가 못 가게 붙들어?" 캉프 부인이 버럭 소리를 질렀다.

혼자 남게 되자, 캉프 부인은 소파에 몸을 던지고는 눈을 감았다. 그런데 방 안이 지하 창고처럼 추웠다. 아파트의 방열기를 아침부터 모조리 꺼놓았던 것이다. 그녀는 다시 일어나서 화장대로 다가갔다.

"다들 무서워서 달아나겠네…."

그녀는 꼼꼼하게 화장을 하기 시작했다. 우선 크림을 두 손에 개어 두툼하게 바른 다음, 볼에는 붉은색 블러셔를, 눈썹에는 검은색을 칠했다. 그러고는 눈꺼풀을 관자놀이 쪽으로 길게 늘여주는 작고 가벼운 선을 긋고, 분을 바르고…. 그녀는 아주 천천히 화장을 했다. 가끔 화장을 멈추고 거울을 집어 열정과 불안이 동시에 묻어나는 눈길로, 냉혹하면서도 의뭉스럽고 교활한 눈길로 자신의 모습을 집어삼킬 듯 바라보았다. 갑자기 그녀가 손가락으로 관자놀이에 난 흰 머리카락 한 올을 꽉 집었다. 그리고는 온갖 인상을 써가며 그것을 뽑았다. 아! 삶은 온통 어긋나 있었다! 스무 살 적 그녀의 얼굴, 꽃처럼 활짝 핀 그녀의 뺨, 덕지덕지 기운 양말과 속옷. 지금은 보석, 드레스, 첫 주름살… 이 모든 게 함께 가… 마치 서둘러서 살고, 남자들의 마음에 들고, 사랑해야 한다는 듯. 돈, 아름다운 치장, 멋진 자동차, 이 모든 게 다 무슨 소용이야? 삶에 남자가 없다면, 젊고 잘생긴 남자가 없다면…. 그녀는 그런 남자를 얼마나 기다려왔는지. 아직 가난한 처녀였을 때 그녀는 자신에게 사랑을 속삭이는 남자들에게 귀를 기울였고 그들을 따랐다. 그들은 잘 차려입고 있었고, 곱게 다듬은 아름다운 손을 갖고 있었으니까. 모조리 천박한 잡것들. 그래도 그녀는 끊임없이 기다려왔다. 그리고 이제, 늙기 전에, 더는 손쓸 수 없을 만큼, 돌이킬 수 없을 만큼 정말로 늙어버리기 전에 찾아온 마지막 기회, 마지막 시간이었다. 그녀는 눈을 감고 싱싱한 입술, 욕망으로 가득한 부드러운 눈길을 상상했다.

그녀는 마치 연인과의 약속 장소로 달려가듯이 서둘러 가운을 벗어 던지고 옷을 입기 시작했다. 평생 하녀의 시중을 받지 않고 지낸 여자들 특유의 재빠른 동작으로 양말과 신발을 신고 드레스를 입었다. 보석, 이제 그것들은 보석함 속에 가득 들어 있었다. 캉프 씨는 그것이 가장 확실한 투자라고 말하곤 했다…. 그녀는 두 줄로 된 큼직한 진주 목걸이를 걸치고, 반지란 반지는 다 끼고, 손목에서 팔꿈치까지 두 팔을 온통 뒤덮는 거대한 다이아몬드 팔찌들을 찼다. 블라우스에는 사파이어, 루비, 에메랄드로 장식된 거대한 펜던트를 고정했다. 그녀는 눈부시게 번쩍거렸다. 성궤처럼 환한 빛을 발했다. 그녀는 몇 걸음 뒤로 물러나서 쾌활한 미소를 띤 채 자신을 바라보았다. 마침내 삶이 시작되고 있었다! 바로 그날 밤부터일지 누가 알겠는가?

## VI

앙투아네트와 미스 베티는 옷방에서 의자 두 개에 다리미판을 걸쳐놓고 저녁을 먹었다. 문밖에서 하인들이 찬방을 뛰어다니는 소리, 달그락달그락 설거지하는 소리가 들려왔다. 앙투아네트는 두 손을 무릎 사이에 끼고 꼼짝도 하지 않았다. 아홉 시쯤, 미스 베티가 손목시계를 들여다보았다.

“이젠 잠자리에 들어야 해, 앙투아네트. 음악 소리가 작은 방까지는 안 들릴 테니 푹 잘 수 있을 거야.”

앙투아네트가 멍한 표정으로 아무 대답도 하지 않자, 그녀가 웃으며 손뼉을 쳐댔다.

“정신 차려, 앙투아네트, 왜 그러니?”

그녀는 앙투아네트를 철제 침대와 의자 두 개를 급히 가져다놓은 어두컴컴한 작은 창고로 데리고 갔다.

맞은편, 마당 건너로 살롱과 식당의 환한 창문들이 보였다.

“덧창이 없어서 여기서도 사람들이 춤추는 게 보이겠네.” 미스 베티가 농담하듯 말했다.

미스 베티가 방을 나서자, 앙투아네트는 소심하면서도 탐욕스럽게 창문으로 다가가 이마를 갖다 댔다. 벽 한 자락이 창문들 밖으로 흘러나오는 뜨거운 금빛 광채에 훤히 밝혀져 있었다. 그림자들이 얇은 망사 커튼 너머에서 분주히 움직였다. 하인들이었다. 누가 창문을 살짝 열어두어서 살롱 안쪽에서 악기들을 조율하는 소리가 또렷이 들려왔다. 악사들이 이미 와 있었다. 맙소사, 아홉 시가 넘은 시각이었다. 그녀는 그 주 내내 엄청난 재앙이 닥쳐 세상을 모조리 삼켜버리기를 막연하게 기대했다. 하지만 그날 밤은 여느 밤처럼 흘러갔다. 이웃 아파트에서 괘종시계가 아홉 시 반을 알렸다. 앞으로 30분, 45분, 그러고는… 틀림없이 아무 일도 일어나지 않을 터였다. 그날 그들이 산책에서 돌아왔을 때 캉프 부인은 미스 베티에게 달려들어 심약한 사람이라면 곧바로 정신을 잃을 만큼 강압적인 말투로 "초대장들, 우체국에 가서 잘 부쳤죠? 잃어버리거나 빼먹은 거 없죠? 확실하죠?"라고 캐물었고, 미스 베티는 "그럼요, 미세스 캠프."이라고 대답했으니까. 그러니 미스 베티에게, 분명 그녀에게 책임이 있었다. 그녀가 쫓겨난다 해도 어쩔 수 없는 일이었다. 오히려 잘된 일이었다. 교훈을 얻게 될 테니까.

"난 상관없어, 난 상관없어." 앙투아네트가 웅얼거렸다. 그러다 홧김에 자기 손을 물어뜯었고, 싱싱하고 날카로운 치아 때문에 손에서 피가 흘렀다.

"엄마라는 그 여자, 나한테 자기 하고 싶은 대로 해보라지. 난 겁 안 나, 난 상관없어!"

그녀는 창문 아래로 깊은 어둠에 잠긴 뜰을 내려다보며 속으로 중얼거렸다.

"그러면 죽어버릴 거야. 죽기 전에 그 여자 때문이라고, 그뿐이라고 말해줄 거야. 난 아무것도 무섭지 않아. 난 미리 복수를 했을 뿐이야…."

앙투아네트는 다시 동정을 살피기 시작했다. 숨결 탓에 창 유리에 김이 뿌옇게 서렸지만, 앙투아네트는 맹렬하게 유리를 닦고 또다시 얼굴을 갖다 붙였다. 그러다 결국 안달이 나서는 창문을 양쪽으로 활짝 열어젖혔다. 밤공기는 맑고 차가웠다. 이제 열네 살 앙투아네트의 날카로운 눈에 벽을 따라 가지런히 놓인 의자들, 피아노 주위의 악사들이 뚜렷하게 보였다. 꼼짝 않고 얼마나 오랫동안 쳐다봤는지, 자신의 뺨도, 맨팔도 더는 느껴지지 않았다. 순간, 앙투아네트는 아무 일도 없었던 것 같은, 다리와 센 강의 검은 물, 갈가리 찢겨 바람에 날아간 초대장들을 꿈에서 본 것 같은, 손님들이 기적적으로 속속 도착해 무도회가 금방이라도 시작될 것 같은 착각이 들었다. 그녀는 아홉 시 45분, 열 시를 알리는 괘종시계 소리를 들었다. 열 번의 종소리라니…. 앙투아네트는 부르르 몸서리를 치고는 슬그머니 방을 빠져나왔다. 그러고는 범죄현장에 이끌리는 미숙한 살인자처럼 살롱을 향해 걸어갔다. 하인 둘이 머리를 뒤로 젖힌 채 샴페인을 병째 들고 마시고 있는 복도를 가로질러 식당으로 가자, 준비와 장식을 마친 채 텅 비어 있는 식당이 보였다. 식당 가운데에 자리 잡은 커다란 식탁에는 각종 고기, 생선 젤리, 굴이 담긴 은쟁반들이 가득했고, 접시들과 피라미드 모양으로 쌓아놓은 두 개의 과일 더미 사이에는 꽃이 놓여 있었으며, 베네치아풍 레이스도 장식되어 있었다. 그 주변으로는 네 명 혹은 여섯 명분의 식기가 차려진 작은 원탁들이 크리스털, 섬세한 자기, 은, 금으로 빛을 발하고 있었다. 앙투아네트는 나중에 자신이 어떻게 감히 온갖 빛들로 번쩍이는 그 넓은 방을 그렇게 유유히 가로지를 수 있었는지 결코 이해할 수 없었다. 살롱 문턱에서 앙투아네트는 잠시 망설였다. 그러다 바로 옆 규방에서 커다란 고급 천 소파를 발견하고는 잽싸게 무릎을 꿇고 소파 등받이와 일렁이는 벽걸이 천 사이로 미끄러져 들어갔다. 그곳에는 앙투아네트가 양팔로 무릎을 감싸면 겨우 몸을 숨길 수 있는 딱 그만큼의 공간이 있었다. 게다가 고개를 내밀면 연극무대를 보듯 살롱을 볼 수도 있었다. 창문을 열어놓고 오래 서 있어서 앙투아네트는 몸이 꽁꽁 얼었고 여전히 살짝 떨렸다. 이제 아파트는 마치 잠든 것처럼 차분하고 조용했다. 악사들이 낮은 목소리로 수군거렸다. 그녀는 반짝이는 이를 가진 흑인, 비단 드레스 차림의 부인, 박람회장에서도 봤던 커다란 상자처럼 생긴 심벌즈, 한쪽 구석에 세워놓은 거대한 첼로를 보았다. 흑인이 손톱으로 윙윙 소리가 나는 기타 같은 악기를 뜯으며 한숨을 쉬고는 낮게 신음하듯 말했다.

"요즘은 점점 더 늦게 시작하고 늦게 마친다니까."

거기에 피아노 연주자가 뭐라고 대답하자, 앙투아네트는 알아듣지 못했는데 다른 악사들이 웃어댔다. 그러고 있는데 캉프 부부가 불쑥 들어왔다.

앙투아네트는 그들을 보자마자 마치 땅속으로 기어들어가는 것 같은 동작을 했다. 벽에 납작 붙어 팔꿈치가 접힌 움푹한 부분에 입을 파묻었다. 하지만 점점 가까이 다가오는 그들의 발소리가 들려왔다. 그들은 앙투아네트 바로 옆에 있었다. 캉프 씨가 앙투아네트 맞은편에 있는 안락의자로 가서 앉았다. 캉프 부인은 잠시 방안을 이리저리 서성였다. 그녀가 실내 조명을 켜고, 벽난로의 벽등을 껐다. 팔찌의 다이아몬드들이 번쩍였다.

"이리 와서 앉아. 그렇게 서성대는 건 바보짓이야…." 알프레드가 낮은 목소리로 말했다.

앙투아네트가 눈을 크게 뜨고 소파가 뺨에 닿을 때까지 고개를 내밀자 맞은편에 서 있는 엄마가 보였다. 그녀는 그 기세등등한 얼굴에서 한 번도 보지 못한 표정, 일종의 겸허함과 열의, 두려움이 밴 표정을 보고는 충격을 받았다.

"알프레드, 당신 생각에는 잘 될 것 같아요?" 그녀가 가늘게 떨리는, 어린아이 같은 순진한 목소리로 물었다.

알프레드가 대답하려는 순간, 갑자기 초인종 소리가 아파트에 울려 퍼졌다.

로진이 두 손을 맞잡으며 말했다.

"오, 맙소사, 드디어 시작이네!" 마치 지진이라도 난 것처럼 그녀가 호들갑을 떨며 말했다.

두 사람이 동시에 활짝 열려있는 살롱의 문을 향해 쏜살같이 달려갔다.

잠시 후, 앙투아네트는 말하는 동안 깃털 장식을 꽂듯 중간중간 가볍게 웃음을 터뜨려가며 평소와는 다르게 높고 날카로운 목소리로 아주 크게 말을 하는 이자벨 양과, 그녀를 양쪽에서 에워싼 채 거실로 돌아오는 캉프 부부를 보았다.

'저 여자를 깜빡하고 있었네.' 앙투아네트는 겁에 질린 채 속으로 생각했다.

이제 환한 모습으로 돌아온 캉프 부인은 쉬지 않고 말을 해댔다. 그녀는 어느새 오만하고 쾌활한 표정을 짓고 있었다. 그녀는 이자벨 양의 노란색 망사 드레스를 슬쩍 가리키며 남편을 향해 빈정대는 눈짓을 날렸다. 이자벨 양은 길고 마른 목에 두른 깃털 목도리를 셀리멘*의 부채라도 되는 양 두 손으로 연신 만지작거렸다. 손목에 두른 오렌지색 벨벳 리본 끝에는 은으로 만든 손 안경이 매달려 있었다.

"여기 와본 적 있나요, 이자벨?"

"아뇨, 아주 예쁘네요. 가구 장식은 누가 했죠? 오! 이 작은 자기들 정말 아름답네요. 이런 일본 스타일, 아직도 좋아

---

* Célimène, 몰리에르의 희곡, 『인간혐오자 Le Misantrophe』의 여자주인공.

하세요, 로진? 난 이 스타일을 늘 좋아해요. 블로크와 레비가, 살로몽 부부 아시죠? 일전에 그 사람들이 이 스타일은 싸구려라고, 그러니까 그들 표현에 따르면, '졸부' 티가 난다고 하길래 내가 이렇게 말해줬죠. '좋을 대로 말씀하세요. 하지만 밝고 생기 넘치잖아요. 게다가 루이 15세 풍보다 훨씬 싸기도 하고. 그건 흠이 아니에요. 정반대죠….'"

"완전히 잘못 알고 있네요, 이자벨." 로진이 발끈하며 말했다. "중국과 일본의 오래된 자기는 가격이 엄청나요. 예를 들어, 저기 새 모양이 새겨진 자기는…."

"진품이 아닌 것 같은데…."

"남편이 드루오 호텔에서 만 프랑이나 주고 샀어요…. 아니, 내가 뭐라는 거야? 만이 아니라 만 이천이었지, 안 그래요, 알프레드? 오! 그래서 내가 잔소리 좀 했어요. 하지만 심하게는 안 했어요. 샅샅이 뒤져서 골동품 수집하는 건 나도 좋아하거든요. 그게 내 열정이죠."

캉프 씨가 호출 벨을 눌렀다.

"포트 와인 한 잔씩 할 거죠? 샌드맨 포트 와인 석 잔 하고 샌드위치, 그리고 캐비아 샌드위치 좀 가져다줘요." 그가 방으로 들어서는 조르주에게 말했다.

이자벨 양이 멀찍이 떨어져서 손 안경으로 벨벳 쿠션 위에 놓인 금 부처상을 유심히 들여다보는 사이, 캉프 부인이 잽싸게 말했다.

"샌드위치라니, 당신 미쳤어요? 그녀를 위해 내가 애써

차린 식탁을 망칠 일 있어요? 조르주, 담아둔 비스킷이나 갖다 줘요. 바구니에 따로 담아둔 거요, 알아들었어요?"

"예, 부인."

잠시 후 조르주가 바구니와 바카라 물병을 들고 돌아왔다. 세 사람은 아무 말 없이 포트 와인을 마셨다. 그러다 캉프 부인과 이자벨 양이 앙투아네트가 숨어 있는 소파로 와서 앉았다. 엄마의 은 신발과 피아노 선생님의 노란색 새틴 무도화가 바로 코앞에, 손만 내밀면 만질 수 있는 거리에 있었다. 캉프 씨는 괘종시계를 흘낏거리며 방안을 오락가락했다.

"말 좀 해봐요, 오늘 밤 어떤 사람들을 보게 되죠?" 이자벨 양이 물었다.

"오! 매력적인 분들이 몇 있어요, 제가 꼭 답례해야 하는 산 팔라치오 후작 부인처럼 연세가 있으신 분들도 계세요. 꼭 참석하고 싶다고 하셔서…. 어제 뵀는데, 이렇게 말씀하시더라고요. '원래 프랑스 남부로 떠날 예정이었는데 부인이 여는 무도회 때문에 출발을 일주일이나 늦췄다오. 부인 집에 가면 어찌나 즐거운지.'"

"아! 전에도 무도회를 연 적이 있었어요?" 이자벨 양이 입술을 깨물며 물었다.

"아뇨, 아뇨, 그냥 차만 마셨어요." 캉프 부인이 서둘러 대답했다. "당신은 하루 종일 워낙 바쁘다는 걸 알기 때문에 초대를 안 했어요."

"그래요, 바쁘죠. 아닌 게 아니라 내년에는 연주회를 열 계획이에요."

"그래요? 정말 좋은 생각이네요!"

그들은 둘 다 입을 다물었다. 이자벨 양은 또다시 집 안의 벽들을 유심히 살폈다.

"매력적이네요, 정말 매력적인 취향이에요."

또다시 침묵이 흘렀다. 두 사람은 모두 헛기침을 해댔다. 로진은 머리카락을 매만졌다. 이자벨 양이 치마 매무새를 꼼꼼하게 바로잡으며 말했다.

"요즘 날씨가 참 좋죠, 안 그래요?"

갑자기 캉프 씨가 끼어들었다.

"우리 이렇게 팔짱만 끼고 있을 순 없잖아요? 거참, 사람들이 정말 늦네요! 초대장에 분명히 열 시라고 썼지, 로진?"

"제가 너무 일찍 온 것 같네요."

"아니에요, 천만에요, 무슨 말씀을 그렇게 하세요? 늦는 건 정말 안 좋은 습관이에요. 한탄스럽죠."

"우리 춤이나 출까요?" 캉프 씨가 쾌활하게 손뼉을 치며 제안했다.

"당연히 그래야죠. 아주 좋은 생각이에요!" 캉프 부인이 오케스트라를 향해 소리쳤다. "연주 시작해줘요. 찰스턴*으로!"

---

* 1920연대에 유행한 빠른 춤곡.

“찰스턴 추세요, 이자벨?”

“그럼요, 조금은 추죠, 다들 그렇잖아요.”

“잘 됐군요, 같이 출 사람이 모자라진 않을 겁니다. 예를 들어, 스페인 대사의 조카인 이차라 후작은 도빌에서 상이란 상은 모조리 휩쓸었답니다, 안 그래, 로진? 자 그럼, 무도회를 시작합시다.”

그들이 소파에서 일어났고, 오케스트라가 텅 빈 살롱에서 연주를 시작했다. 앙투아네트는 캉프 부인이 일어나서 창문으로 달려가 차가운 유리창에 얼굴을 갖다 대는 것을 보았다. ‘엄마도 나처럼.’ 앙투아네트는 생각했다. 괘종시계가 열 시 반을 알렸다.

“맙소사, 맙소사, 도대체 다들 뭐하고 자빠진 거야?” 캉프 부인이 짜증을 내며 중얼거렸다. 그러고는 거의 큰소리로 덧붙였다. “저 미친 노처녀는 악마나 데려가라지.” 그러더니 곧바로 손뼉을 치고 깔깔 웃으며 소리쳤다.

“아! 멋져요, 멋져. 당신이 춤을 그렇게 잘 추는지는 미처 몰랐네요, 이자벨.”

“마치 조세핀 베이커*처럼 추는군.” 살롱 반대편에서 캉프 씨가 맞장구쳤다.

춤이 끝나자, 캉프 씨가 소리쳤다.

“로진, 이자벨을 바로 데려갈 테니까 질투하지마.”

---

* Josephine Baker(1906-1975), 미국의 가수이자 무희.

"우리랑 같이 안 갈래요, 로진?"

"조금 있다 갈게요. 하인들한테 시킬 일이 좀 있어서…."

"미리 말해두는데, 난 오늘 밤 내내 이자벨과 가볍게 연애를 할 거야, 로진."

캉프 부인은 웃으며 손가락으로 그들을 위협하는 시늉을 했지만 말은 하지 않았다. 그녀는 혼자 남게 되자 곧바로 창문으로 다시 달려갔다. 대로를 따라 올라오는 자동차 소리가 들려왔다. 몇 대는 그들의 집 앞에서 속도를 늦추기도 했다. 그러면 캉프 부인은 허리를 숙여 시커먼 겨울 거리를 눈으로 삼킬 듯 내려다보았다. 하지만 차들은 멀어져갔고, 엔진 소리는 점점 약해져 어둠 속으로 까무룩 사라졌다. 시간이 흐르자 차들은 점점 드물어졌고, 마치 시골처럼 대로에서는 오랫동안 작은 소리 하나 들려오지 않았다. 인근 도로를 지나는 전차 소리와 멀리서 들리는 희미하고 아득한 경적 소리뿐….

로진은 열병에 걸린 사람처럼 턱을 덜덜 떨었다. 열한 시 15분 전. 열한 시 10분 전. 텅 빈 살롱에서 작은 괘종시계가 밝고 낭랑한 소리로 다급하게 열한 시를 알렸다. 식당에 걸린 괘종시계가 끈질기게 그 소리에 응답했고, 길 건너 성당 박공지붕에 달린 거대한 종 시계도 느리지만 묵직하게, 그리고 시간이 갈수록 점점 더 세게 종을 쳐댔다.

"… 아홉, 열, 열하나…." 캉프 부인이 다이아몬드가 잔뜩 박힌 팔을 하늘을 향해 쳐들며 절망에 빠진 목소리로 외쳤다. “이게 무슨 일이죠? 도대체 무슨 일이 일어난 거죠, 내 자비로우신 예수님?”

캉프 씨가 이자벨과 함께 돌아왔다. 그들은 말없이 서로를 바라보았다.

캉프 부인이 신경질적으로 웃으며 말했다.

“좀 이상하지 않아요? 아무 일도 없어야 할 텐데….”

“오! 로진, 지진이 일어나지 않는 한….” 이자벨이 한껏 신이 난 투로 말했다.

하지만 캉프 부인은 아직 포기하지 않고 있었다. 그녀가 목걸이의 진주들을 만지작거리며 불안에 잠긴 목소리로 말했다.

“오! 이건 아무것도 아니에요. 일전에 내 친구 브루넬리스키 부인의 파티에 갔었는데, 초대손님들이 열두 시 십오 분 전에야 도착하기 시작하더라니까요. 그러니까….”

“여주인한테는 정말 난처하고 짜증 나는 일이죠.” 이자벨 양이 부드럽게 속삭였다.

“오! 그래도… 익숙해져야죠, 안 그래요?”

바로 그 순간, 어디선가 초인종 소리가 울려 퍼졌다. 알프레드와 로진은 살롱 문 쪽으로 부리나케 달려갔다.

“연주해요!” 로진이 악사들에게 소리쳤다.

악사들이 힘차게 블루스를 연주하기 시작했다. 그러나 아무도 오지 않았다. 로진은 더는 버틸 수가 없었다. 그녀가 조르주를 불렀다.

"조르주, 조르주, 누가 초인종을 눌렀잖아요. 못 들었어요?"

"레의 가게에서 얼음을 가져왔습니다."

캉프 부인은 폭발하고 말았다.

"무슨 일이 일어났다니까! 사고나 오해가 있었을 거야. 아니면 날짜나 시간을 잘못 알았든지. 내가 어떻게 알아! 이제 열한 시 십 분, 열한 시 십 분이라고!" 그녀가 절망에 빠져 되뇌었다.

"벌써 열한 시 십 분이나 됐어요?" 이자벨 양이 소리쳤다. "맞아요, 당신 말이 맞네요. 당신 집에서는 시간이 정말 빨리 지나가네요. 칭찬이에요, 칭찬. 이제 십오 분이네, 방금 시계 소리 들었어요?"

"이제 곧 오기 시작할 거야!" 캉프 씨가 언성을 높였다.

그들 셋은 또다시 앉았다. 하지만 대화를 나누지는 않았다. 찬방에서 하인들이 웃어대는 소리가 들려왔다.

"가서 다들 닥치라고 해요, 알프레드." 마침내 로진이 화가 나 부들부들 떨리는 목소리로 말했다. "어서 가요!"

열한 시 반, 피아노 연주자가 와서 물었다.

"더 기다려야 하나요, 부인?"

"아뇨, 가요, 모두 가버려요!" 로진이 버럭 소리를 질렀다. 그녀는 금방이라도 발작을 일으켜 바닥에 뒹굴 것 같았다. "돈 줄 테니까 가버려요! 무도회고 뭐고 아무것도 없을 거야. 이건 치욕이고 모독이야. 우릴 조롱하려고, 날 죽게 하려고 적들이 꾸민 음모야! 지금 누가 오면, 난 쳐다보지도 않을 거야, 알아들어요?" 그녀의 목소리가 점점 더 험악해졌다. "내가 어디 가버렸다고, 집에 환자가 생겼다고, 누가 죽었다고, 당신 좋을 대로 말해요!"

이자벨 양이 달랜답시고 나섰다.

"진정해요, 로진. 모든 희망이 사라진 건 아니에요. 너무 그렇게 상심하진 말아요. 그러다 병들겠어요…. 당신이 어떤 심정인지는 당연히 나도 이해해요, 내 가엾은 친구. 하지만 세상 사람들이 그렇게 못된 걸 어쩌겠어요! 뭐라고 말 좀 해봐요, 알프레드. 부인을 달래주고, 위로해줘야죠."

"무슨 이런 코미디가!" 캉프 씨가 창백한 얼굴로 씩씩거리며 쏘아붙였다. "그만 입 좀 안 다물 거야?"

"이런, 알프레드, 소리 지르지 말고 다독여야죠."

"젠장! 꼴 좋게 됐군!"

그가 홱 돌아서서는 악사들에게 소리쳤다.

"당신들은 아직 거기서 뭐 하고 있는 거야! 얼마를 줘야 되지? 당장 꺼져요, 빌어먹을…."

이자벨 양은 자신의 깃털 목도리, 손 안경, 손가방을 주섬주섬 주워들었다.

"무엇이든 내가 도움 될 일이 없으면, 나는 그만 가보는 게 낫겠어요, 알프레드."

그가 아무 대답도 하지 않자, 그녀는 허리를 숙여 꼼짝 않고 있는 로진의 이마에 입을 맞추었다. 로진은 눈물조차 흘리지 않은 채 날카로운 눈매로 정면만 뚫어지게 노려보고 있었다.

“안녕, 내 친구. 나도 크게 상처받았다는 걸, 마음이 무척 아프다는 걸 알아줬으면 해.” 그녀는 마치 장례식에 온 사람처럼 의례적으로 속삭였다. “아뇨, 아뇨, 나오지 말아요, 알프레드. 난 가 볼 테니까, 떠날 사람이니까, 실컷 울어, 내 가엾은 친구, 그러면 기분이 한결 나아질 거야.” 그녀가 텅 빈 살롱 한가운데에서 온 힘을 다해 다시 한번 소리쳤다.

알프레드와 로진은 그녀가 식당을 지나가면서 하인들에게 이렇게 말하는 것을 들었다.

“무엇보다 시끄럽게 하지 말아요. 부인이 크게 마음이 상해 신경이 잔뜩 곤두서 있으니까.”

끝으로 승강기가 윙윙거리는 소리, 대문이 여닫히는 묵직한 소리가 들려왔다.

“빌어먹을 여자 같으니. 기껏….” 캉프 씨가 중얼거렸다.

그러나 그는 말을 마칠 수 없었다. 로진이 눈물을 줄줄 흘리며 벌떡 일어나서는 그에게 주먹을 쥐어 보이며 소리쳤기 때문이다.

“이게 다 당신 탓이야, 멍청이. 당신 탓이라고. 당신의 추잡한 허영심, 알량한 자존심 때문이라고. 다 당신 탓이야! 신사분께서 무도회를 열고 싶어 하신다! 초대하고 싶어 하신다! 정말 웃겨 죽을 지경이군! 그러셔, 사람들이 당신이 누군지, 모를 것 같아? 졸부! 그들이 당신에게 엿을 먹였어, 엉? 당신 친구들, 당신의 멋진 친구들, 도둑들, 사기꾼들이!"

"그럼 당신 친구들은? 당신과 친한 백작들, 후작들, 기둥서방들은 어떻고!"

그들은 서로 고함을 질러댔다. 분노에 찬 험악한 말들이 격렬하게 흘러나왔다. 알프레드가 이를 악문 채 나지막이 말했다.

"내가 당신을 만났을 때 당신도 굴러먹고 있었어. 어디서? 그건 신께서 아시지! 당신은 내가 아무것도 모른다고, 아무것도 못 봤다고 생각하지? 난 당신이 예쁘고 영리하다고 생각했어. 내가 부자가 되면, 내 평판에 도움이 되겠다고 말이야. 단단히 낚인 거지, 말해 뭐 하겠어. 상스러운 여자가, 나이 든 부엌데기가 횡재한 거지…."

"다른 남자들은 좋아만 하던데…."

"그랬겠지. 하지만 자세한 얘기는 하지 마. 내일 바로 후회하게 될 테니까…."

"내일? 내가 그런 말을 듣고도 당신 옆에 있을 것 같아? 무식한 놈 같으니! 꺼져! 썩 꺼져버리라고!"

그는 문들을 쾅쾅 닫으며 나가버렸다.

로진이 불렀다.

"알프레드, 돌아와!"

그녀는 살롱 쪽을 향해 고개를 돌린 채 헐떡이며 기다렸다. 하지만 그는 이미 너무 멀리 있었다. 그가 층계를 내려갔다. "택시, 택시" 길에서 분노에 찬 목소리가 잠시 들려오다가 멀어지더니 길모퉁이에서 끊겨버렸다.

하인들은 사방에 불을 켜두고, 여단이 문들을 그대로 둔 채 자기 방으로 올라가 버렸다. 로진은 번쩍이는 드레스를 입고 진주 목걸이를 한 채 안락의자에 주저앉아 미동도 하지 않았다.

그러던 그녀가 분을 못 참고 갑자기 움직이는 바람에 깜짝 놀란 앙투아네트가 뒤로 물러나다가 벽에 이마를 찧고 말았다. 앙투아네트는 덜덜 떨며 몸을 바싹 웅크렸다. 엄마는 아무 소리도 듣지 못했다. 그녀는 팔찌를 하나씩 풀어 바닥에 내팽개쳤다. 어마어마한 크기의 다이아몬드들로 장식된 아름답고 묵직한 팔찌 하나가 소파 아래로, 앙투아네트의 발치로 굴러왔다. 앙투아네트는 그 자리에 못 박힌 듯 웅크린 채 그것을 쳐다보았다.

그리고 눈물이 흘러 분으로 범벅이 된 엄마의 얼굴을, 일그러지고 벌겋고 주름이 진 데다, 어린애 같으면서도 우스꽝스러운, 가엾다는 생각이 들 법도 한 얼굴을 보았다. 하지만 앙투아네트는 엄마가 불쌍하지 않았다. 경멸에 찬 무관심 외에는 아무것도 느껴지지 않았다. 나중에 남자 친구를 만난다면 그녀는 이렇게 말할 터였다. "오, 전 아주 무시무시한 아이였어요, 아세요? 한번은 있잖아요…." 그러다 앙투아네트는 문득 자신에게 온전한 미래가 있다는 것을, 전혀 손상을 입지 않은 싱싱한 힘이 있다는 것을 느꼈다.

'엄마는 어떻게 이깟 일로 저렇게 울고 있을까? 그럼 사랑은? 죽음은? 엄마도 언젠가는 죽을 텐데, 그걸 까맣게 잊은 걸까?

어른들 역시 금방 지나가버리는 하찮은 일들 때문에 고통스러워하는 걸까? 앙투아네트는 그들을 두려워했었다. 그들이 소리를 지르거나 화를 내면, 그들의 헛되고 부조리한 위협 앞에서 벌벌 떨었었다. 앙투아네트는 천천히 은신처에서 빠져나왔다. 그러고는 잠시 어둠에 몸을 숨긴 채, 흐느낌은 멈췄지만 생각에 빠져 멍하니 넋을 놓고 있는 엄마를 쳐다보았다. 눈물이 입술까지 흘러내려도 그녀는 닦지 않았다. 앙투아네트는 일어나서 엄마에게 다가갔다.

"엄마."

캉프 부인이 깜짝 놀라 의자에서 벌떡 일어났다.

"너 왜 여기 있어, 여기서 뭐 하는 거니?" 그녀가 신경질적으로 소리쳤다. "가, 가서 자, 당장! 날 좀 내버려둬! 이젠 내 집에서 잠시도 편안하게 있을 수가 없다니까!"

앙투아네트는 약간 창백해진 얼굴을 숙인 채 꼼짝도 하지 않았다. 엄마의 목소리는 연극 속의 천둥소리처럼 힘을 잃어 약해졌고, 파편이 되어 앙투아네트의 귓가에서 울려 퍼졌다. 언젠가 머지않은 날에, 그녀는 한 남자에게 이렇게 말할 터였다. "엄마가 소리를 지를 거예요. 어쩔 수 없죠, 뭐…."

그녀는 천천히 손을 내밀어 엄마의 머리 위에 얹었다.

그리고 살짝 떨리는 가벼운 손가락으로 머리카락을 쓰다듬었다.

"가엾은 엄마…."

로진은 잠시 몸부림치며, 딸을 밀치더니, 일그러진 얼굴을 흔들어댔다.

"날 놔두고 가, 그냥 놔두라니까…."

하지만 곧 약하고 가련한 패자의 표정이 그녀의 얼굴을 스쳐 지나갔다.

"아! 내 가엾은 딸, 내 가엾은 앙투아네트, 넌 정말 행복한 거야. 세상이 얼마나 부당하고 악하고 음험한지 넌 아직 모르잖아. 나에게 미소를 보내고 날 파티에 초대했던 그 사람들, 실은 내 등 뒤에서 날 비웃고 있었어. 내가 그들 세계의 사람이 아니어서 날 멸시했어. 천하에 몹쓸 것들, 빌어먹을…, 넌 이해할 수 없을 거야, 내 가엾은 딸! 그리고 네 아빠! …아! 나한테는 너밖에 없어!" 그녀가 갑자기 이렇게 말을 마쳤다. "나한테는 너밖에 없어, 내 가엾은 딸…."

그녀는 딸을 품에 안았다. 앙투아네트가 아무 말 없이 얼굴을 진주 목걸이에 파묻고 있었기 때문에 그녀는 딸이 웃는 것을 보지 못했다. 그녀가 말했다.

"넌 착한 아이야, 앙투아네트…."

바로 그 순간, 손에 잡히지 않는 그 찰나의 순간, 한 사람은 올라갔고, 또 한 사람은 어둠 속으로 내려갔다. 그들은 그렇게 '삶의 길 위에서' 엇갈렸다. 하지만 그들은 그 사실을 알지 못했다. 앙투아네트가 부드럽게 되뇌었다.

"내 가엾은 엄마…."

(1928)

# 다른 젊은 여자

# L'autre jeune fille

질베르트가 문을 거칠게 밀고 들어오는 바람에 가게 안에 경쾌한 종소리가 쉬지 않고 울려 퍼진다.

오후 네 시, 공기 중에 우유 냄새가 떠돈다. 언덕에서는 차가운 바람이 불어온다.

마을의 겨울은 길고 혹독했다. 그랑 트리아농의 주인 마들렌이 모습을 드러낸다. 그녀는 질베르트를 보고 웃으며 묻는다.

"집안 식구들은 모두 안녕하시지, 질베르트?"

"네, 고마워요." 질베르트가 대답한다. "제가 지난번에 샀던 푸른색 모직 실이 아직 있나요?"

질베르트는 열여섯 살로 금발이다. 그녀가 거울 앞을 지나면서 부드러우면서도 뿌듯한 표정으로 거울에 비친 자신의 모습을 바라본다. 그녀는 자신이 예쁘다고 생각한다. 회색 눈은 무언가에 놀란 듯 다소 동그랗고, 목은 가늘고 섬세하다. 입은 큼직하며, 은빛 솜털로 온통 뒤덮인 분홍빛 뺨은 통통하다. 자신이 아주 똑똑하다고 믿는 그녀는 자신이 세파에 시달려 냉소적으로 변한 삼십 대 남자에 끌린다고 생각한다. 또한, 화장을 못 하게 하는 엄마에게 불만이 많다.

마들렌은 얼굴이 많이 상한 자그마한 여자다. 그녀는 눈을 내리깐 채 가만가만 말한다. 예민하거나 소심한 성격의 사람들이 그러듯, 가끔은 얼떨결에 엉뚱한 말을 내뱉기도 한다.

"가게에 남은 빗은 이것뿐이야."

그녀가 황급히 말을 고친다.

"빗이 아니라 모직 실."

그러고는 그녀의 얼굴이 붉어진다.

질베르트는 한숨을 내쉰다. 당연하지 않은가! 그 촌구석에는 도대체 있는 게 없다! 파리의 아파트, 클레망 마로의 시 수업, 친구 오딜과 샹탈로부터 멀리 떨어진 이 시골 마을에 딸을 억지로 붙들어두는 무분별한 부모는 저주받기를!

질베르트가 고개를 저으며 말한다.

"정확하게는 이 색이 아니었어요."

질베르트는 빈손으로 가게를 나서지는 않을 것이다. 세상에, 뜨개질조차 할 수 없다면, 도대체 뭘 하며 저녁 시간을 보낼 것인가?

질베르트는 이것저것 고른다. 그리 즐겁지 않은 표정으로, 서두르지 않고.

"어차피 곧장 돌아갈 수는 없을 것 같네." 마들렌이 창문을 가리키며 말한다.

눈이 내리고 있다. 이 지겨운 겨울은 도대체 언제쯤 끝날까?

"어머, 큰일이네요!"

마들렌은 질베르트를 위해 의자 하나를 난로 근처에 밀어주고 자신은 접이식 의자에 앉아 뜨개질을 한다. 가게를 세 바퀴나 둘러봤는데도 질베르트는 딱히 마음에 드는 물건이 없다. 그래서 안달이 난 듯 작은 구두 뒷굽으로 바닥을 톡톡 찬다. 기다리는 것 외에는 달리 할 일이 없다.

"날씨도 참, 여기는 정말 슬픈 곳 같아요. 그래도 아주머니는 당연히 익숙해졌겠죠?"

"그럼. 하지만 나도 여기 출신은 아니야."

"그래요?"

"그래. 난 북부 노르 지방에서 왔어. 아! 그곳 날씨도 만만찮기는 해. 전쟁 후에 여기 와서 정착했지. 지난번 전쟁 말이야."

"저도 노르 지방에 가본 적 있어요." 맞장구를 쳐주기 위해 질베르트가 말한다. "이 년 전에 르투케*에서 여름휴가

---

* Le Touquet, 프랑스 북부 해안 도시. 휴양지로 유명하다.

를 보냈거든요."

"그랬구나. 하지만 내 고향은 완전히 그쪽은 아니야. 작은 마을인데, 샤를루아 다음으로 독일군에게 점령됐다가 프랑스군에게 넘어갔지. 그러다 다시 독일군에게 점령됐고."

"달아날 수는 없었나요?"

"불가능했어. 너무 순식간에 일어난 일이었고, 노르 지방 사람들은 자기 집에 집착이 강하거든. 차라리 집에서 죽고 싶어 하는 거지. 하지만 보다시피 내 운명은 그렇지 않았어."

"점령 기간에 많이 힘들었나요?"

"독일군은 마을 사람 몇 명을 인질로 잡았어. 하지만 다른 사람들을 지나치게 괴롭히진 않았지. 다만, 폭격 때문에 아수라장이었어. 우리 아버지는 인산칼슘 공장에서 일하고 있었는데, 그래서 우리는 광산 갱도로 대피했지. 나, 부모님, 그때 열두 살이었던 내 여동생, 그리고 프랑스군 병사까지 해서 모두 다섯 명이. 아, 동생은 지금 결혼해서 릴*에 살아."

그녀는 눈을 내리깔고 뜨개질한 직물의 열을 세어본다. 그러고는 약간 흥분했는지 가늘게 떨리는 목소리로 말을 잇는다.

* Lille, 프랑스 노르(Nord) 지방의 주도.

"그 군인은 그냥 그곳에 남아 있었어. 부상을 당해 부대에 합류하지 못한 병사 중 하나였지. 갱도에서 멀지 않은 덤불에 숨어 있는 걸 내가 발견하고 부축해서 갱도까지 데려왔어. 저녁 무렵에."

그녀가 입을 다문다. 그녀는 기억을 더듬으며 무엇을 떠올리는 걸까? 불안으로 가득한 어둠? 화염에 휩싸여 폐허로 변한 집들? 바로 곁에 있는 병사의 창백한 얼굴? 반지 하나 없는 야윈 손가락들이 뜨개질을 계속한다.

"하지만 그러다가 아주머니가 체포될 수도 있었잖아요?"

"오, 그런 상황에서는 그런 생각도 안 들어. 난 나흘 동안 그를 돌봐줬어. 내가 용케 먹을거리도 조금 찾아냈지. 우리 어머니가 날 도와주셨고. 그런데 그가 열에 들떠 헛소리를 해댔어. 나 외에는 자기 몸에 손도 못 대게 하면서, 나한테만 간호를 받겠다고 생떼를 썼지. 그래도 아주 신사였어. 내 손에 입을 맞추곤 했으니까. 부상이 얼마나 심하던지….

우리 어머니가 내게 말했어. '이미 죽은 목숨이니 그냥 내버려둬라, 이 불쌍한 것아.' 그래도 난 고집을 부렸지. 내가 이래 봬도 고집이 대단하거든! 마지막 날 밤에는, 나와 그 군인, 둘 뿐이었어. 난 끊임없이 생각했지. '한 시간만 더. 그가 한 시간만 더 버티기를.' 그러고는 '또 한 시간만 더' 그러고 나서는 '동이 틀 때까지만….' 하고 말이야. 난 하느님께 빌었어. 맹세도 했지. 그런 순간에는 자신이 뭘 하는지도 잘 몰라. 폭탄이 터지는 굉음에 정신이 없기도 했고. 아침이 되자, 우리 군이 다시 마을을 탈환했어. 그 병사는 여전히 살아 있었지. 그래서 다른 병사들이 그를 데려갔어."

"전쟁이 끝난 후에 그 병사를 다시 만났나요?"

마들렌은 마치 꿈에 빠진 표정으로 고개를 젓는다.

"나중에 죽었을지도 모르겠네요." 질베르트가 말한다.

"아마도." 마들렌이 중얼거린다.

하지만 그녀가 그렇게 믿지 않는다는 것이, 자신이 그 병사를 영원히, 이생에서나 다른 생에서나 그를 모든 위험에서 구했다고 생각하는 것이 확연히 드러나 보인다. 어쩌면 그게 사실일지도 모른다.

"만약 아주머니가 그를 보살피는 동안 독일군이 들이닥쳤다면?"

"오! 내가 손도 못 대게 했을 거야. 나한테 권총이 있었거든. 우리가 그런 식으로 지키는 남자는 자식이나 마찬가지야. 설사 죽는다 해도 조금도 개의치 않고 그를 보호했을 거야."

"아주머니는, 결혼할 생각은 안 해봤어요?" 질베르트가 묻는다.

"그럴 마음이 전혀 없었어." 마들렌이 부드럽게 대답한다.

질베르트가 입을 다문다. 그러고는 따스한 눈길로 가게를 둘러본다. 빈 마룻바닥과 계산대, 보잘것없고 허름한 상품들로 가득한 상자들이 나름대로 잘 분류되어 놓여 있는 서글픈 선반들을 바라본다. 고양이와 함께 난롯가에서 보내는 외로운 나날들. 아마 늘 똑같은 꿈이 되풀이되는 불면의 밤들도 있을 것이다. 영광이나 사랑, 그리고 피의 추억이. 얼굴이 상한 그 자그마한 여자는 한때 영웅이었다. 질베르트는 지난 전쟁 동안 그런 일들이 일어났다는 것을 여러 차례 들었다. 아마 이번 전쟁이 치러지는 동안에도 그런 일들이 일어날 것이다. 마들렌 아주머니를 가엾게 여겨야 할까? 아니, 절대 그렇지 않다고 질베르트는 생각한다. 그녀는 보통 사람들이 평생 느낄 수 있는 감정을 단 나흘 만에 전부 써버린 것이다.

질베르트는 무슨 말을 해야 할지 알 수 없다. 그런 것들에 대해서는 한 번도 생각해본 적이 없으니까. 질베르트는 순수하고 동경이 묻어나는 눈길로 마들렌을 바라본다. 그녀는 자신이 부끄럽다. 그런 영웅적인 일을, 그런 희생을 자신은 결코 감당할 수 없을 것 같다.

질베르트가 소심하게 묻는다.

"당시에 아주머니는 제 또래였겠네요?"

"약간 더 위였을 거야, 질베르트. 열여덟 살이었으니까."

"그때 사진도 갖고 있으세요?"

"응, 보고 싶니?" 뜻밖이라는 표정으로 마들렌이 묻는다.

"보여주실래요?"

마들렌이 일어나 옆방으로 갔다가 사진 한 장을 들고 돌아온다. 큼직한 가족사진이다. 전쟁 두 달 전, 큰오빠 결혼식 때 찍은 것이다.

질베르트는 그 모든 얼굴 중에서 열정 가득하고 자부심 넘치는 표정을 짓고 있는 젊은 여자의 얼굴을 찾는다. 그런 얼굴이야말로 거기에 깃든 영혼에 걸맞을 테니까. 하지만 마들렌은 건강하고, 천진난만하며, 질베르트 자신처럼 약간은 되바라져 보이는, 못생기지도 예쁘지도 않은 젊은 여자를 손가락으로 가리킨다.

"이 사람이 아주머니예요?"

수시로 거울을 들여다보고, 툭하면 토라지고, 버럭 화를 내고, 생쥐를 무서워할 것 같은 평범한 젊은 여자.

질베르트는 아주 부드럽고 복잡한 자존감이 가슴을 가득 채우는 것을 느낀다. 그녀는 자신 역시 필요하다면 사랑을 베풀고 괴로움에 몸부림칠 수 있을 거라고 생각한다.

그사이 눈이 그친다. 질베르트가 계산을 한 다음 구매한 물건을 챙겨 가게를 나선다.

마들렌은 어두컴컴한 난롯가에 앉아 있다. 그녀는 눈을 내리깐 채 뜨개질을 마저 한다.

(1940)

# 로즈 씨 이야기

## M. Rose

로즈 씨는 고양이처럼 신중하고 차분했다. 그는 순탄한 삶을 살았고, 독신에다 부자이기도 했다. 그는 어렸을 때부터 깔보는 것 같은 거만한 표정을 지어 사람들에게 거리감을 느끼게 했다. 그는 세상이 멍청이들로 가득하다고 믿는 것 같았다. 아니, 실제로 그렇게 믿었다. 어쩔 도리가 없다 싶을 정도로. 나이가 쉰이 넘었지만 그의 아름다운 뺨에는 기름기가 흘렀고, 목소리는 날카롭고 권위적이었다. 그는 매사에 몸을 사리고 앞뒤를 쟀다. 그의 지하창고는 산해진미로 가득했다. 그는 몇 안 되는 친구들에게 아주 훌륭한 저녁 식사를 대접했다. 한 남자를 알려면, 그가 식탁에서, 또는 마음에 드는 여자 앞에서 어떻게 구는지 봐야 한다. 로즈 씨는 과일을 깎을 때나 여자의 손을 어루만질 때나 고개를 끄덕이게 만드는 부드러움과 신중함을 보였고, 섬세하지만 오래가진 못하는 욕망을 드러냈다.

로즈 씨는 아무도 아끼지 않았고, 그렇다고 누구를 미워하지도 않았다. 정말 무던한 사람이야, 사람들은 그를 이렇게 평했다. 그는 자신의 재산을 훌륭하게 관리했다. 젊은 시절에는 여행을 자주 다녔지만, 이제는 흥미를 잃고 말았다. 그는 말쉐브르 대로에 있는 집에 살았다. 어릴 적에 자기 침대가 놓여 있었던 바로 그 모퉁이에서 잠을 잤다. 로즈 씨의 단조롭고 호젓한 삶은 오로지 자신만 아는 쾌락들로 채워졌다. 그는 산책을 하고, 책을 읽고, 저녁이면 늘 같은 시각에 가는 조용한 바에 들러 같은 술 한 잔을 마시고, 사탕, 초콜릿 등의 과자를 맛보는 것과 같은 단순한 즐거움을 좋아한다고 자부했다. 그는 초콜릿 사탕 하나도 허투루 고르지 않았다. 눈을 지그시 감고 분홍색 봉지에 든 그것들을 한참 동안 바라보다가, 이윽고 결정을 내린 듯 가벼운 한숨을 내쉬며 하나를 집어 입에 넣고는 오래오래 맛보았다. 그는 삶을 미리 계산하고, 재보고, 적절한 균형을 유지해야 한다고, 우연을 경계해야 한다고 생각했다. 그게 늘 쉽지 않다는 건 그도 인정했지만, 나름대로 집요하게 불운을 피해 다녔다.

그의 가장 큰 근심은 자신의 돈을 어디다 투자할 것이며, 지나치게 무거운 세금을 어떻게 피할 것이냐 하는 것이었다. 그는 파티 복장을 한 스무 명 남짓의 가짜 예언자들이 파리의 살롱들을 돌아다니며 세상의 종말을 예고하기도 전에,

전쟁이 아직 태동 단계일 때부터 1940년에 일어날 전쟁*을 예상했다. 그래서 1930년부터 이런저런 대비책을 세웠다. 그 대비책이 늘 좋은 결과를 가져온 건 아니었다. 1932년, 그는 가까운 친구들에게 이렇게 털어놓았다. "깃털 몇 개를 잃기는 했지만, 몸통보다는 깃털을 잃는 게 낫지." 그는 아주 일찍부터 말쉐브르 대로의 생가를 포함해, 자신이 파리에 소유하고 있는 건물들을 팔아치울 생각을 했다. 그는 살짝 부끄러워하며 공중폭격이 두려워서 그런다고 털어놓았다. 그가 어떤 이유를 내세우든, 그건 아무하고도 관계가 없었다. 그는 천천히, 서두르지 않고, 늘 그래왔듯 너무 많이 벌지도, 그렇다고 너무 많이 잃지도 않으면서 좋은 계약들을 체결했다. 그는 노르망디의 루앙에서 그리 멀지 않은 매력적인 동네를 택해 넓은 정원에 둘러싸인 안락하고 아름다운 집을 구입했다. 1938년에 독일이 오스트리아를 병합하자, 그는 자신의 도자기 수집품을 그곳으로 옮겨 거실에 있는 진열장 두 개에 정리했다. 독일군이 프라하에 입성하자, 로즈 씨는 유리그릇과 그림들을 포장하게 했고, 뮌헨회담 직전에는 책과 은 식기들도 옮겼다. 그는 처음으로 방독면을 구입한 프랑스인 중 하나이기도 했다. 그래도 그는 낙관적인 모습을 보였고, 모든 일이 잘 해결될 거라고 공공연히 밝히기도 했다.

---

* 2차 대전.

*

로즈 씨에게도 나름대로 고르고 고른 예쁘고, 우아하며, 순진한 데다, 착하기까지 한 여자가 있었다. 남자라면 한때 누구나 그렇듯, 그 역시 하마터면 여자에게 홀딱 넘어갈 뻔했던 적이 있는데, 그는 그 기억을 차라리 잊고 싶었을 것이다. 1923년, 비텔*에서 있었던 일이다. 그는 한 여자에게 홀딱 반하고 말았다. 그가 이십 대 여자에게 눈길을 준 것은 그때가 처음이었다. 그녀는 그를 치료해준 의사의 조카였다. 의사는 부모를 잃고 홀몸이 된 조카의 처지가 딱해 거두긴 했지만 크게 애정이 있진 않아서 어서 결혼을 시켜버렸으면 하고 바라고 있었다. 그녀는 생기발랄했고, 갈색 머리에 웃음기 띤 순한 눈매, 그리고 아름다운 입술을 갖고 있었다. 그는 처음 본 순간부터 그녀가 마음에 들었다. 그녀는 그에게 동정과 욕정이 뒤섞인 묘한 감정, 우월감이 깃든 약간은 복잡한 연민을 불러일으켰다. 그녀는 아이들 교복처럼 단정하고 수수한 분홍색 원피스를 즐겨 입었고, 머리에는 동그란 머리핀을 꽂고 다녔다. 한번은 어느 자선 파티와 관련해 그녀가 그에게 뤼시(Lucy) 마야르라고 서명한 편지를 보낸 적이 있었다. 로즈 씨는 아마 그녀가 자신의 소시민적인 이름을 돋보이게 하고 싶어서 적어 넣었을 그 'y'를

* Vittel, 프랑스 동부에 위치한 행정구역. 광천수가 세계적으로 유명하다.

보고는 빙긋이 웃었다.* 이유는 알 수 없었지만, 그 속물적인 취향이 그를 매료시켰다. 그 취향은 어리숙하고, 우스꽝스럽고, 매력적이었다. 로즈 씨가 보기에, 그것은 꿈을 향한 비상이었고, 소심한 변장의 시도였으며, 탈출의 희망을 의미하기도 했다.

그녀를 다시 만났을 때, 그는 그녀가 이름을 표기하는 방식에 대해, 그리고 손톱에 칠한 빨간 매니큐어에 대해 농담을 했다. 그녀는 가끔 철부지 여자아이의 표정을 지으며 손톱을 물어뜯곤 했는데, 그러다 문득 자신의 나이를 떠올리고는 낯을 붉히며 로즈 씨에게 담배를 달라고 했다. 그녀는 담배 연기를 들이마시지 않았다. 인상을 찌푸리며 서둘러 담배 연기를 내뿜고는 그 싱그러운 입술을 삐죽 내밀었는데, 로즈 씨에게는 그 입술이 초콜릿 사탕만큼이나 신선하고 달콤해 보였다. 그녀에게 입을 맞춘 적이 있었기 때문이었다. 한번은 공원에서 만난 적이 있었는데, 저녁 무렵이었고, 그들 둘뿐이었다. 그는 그녀가 어떤 표정을 지을지 궁금해하며 잽싸게 그녀에게 입을 맞췄다. 그러자 그녀가 눈을 들어 쳐다보며 떨리는 목소리로 물었다.

"제가 마음에 드세요?"

그녀가 너무 자신이 없어 보이는 데다, 듣기 좋은 말로 다독여주는 사람을 간절히 원하는 것 같아서, 그는 그녀 앞에

* Lucy는 프랑스식 여자 이름 Lucie의 영어식 표기다.

만 서면 도저히 떨쳐버릴 수 없는 연민을 또다시 강렬하게 느꼈다. 그래서 그는 말했다. "내 소중한 사람." 그는 두 손가락으로 그녀의 목을 잡았다. 그 목은 가늘었고, 로즈 씨의 손 아래에서 가볍게 박동했다. 그는 새의 몸에서 전해지는 것 같은 온기와 고동을 느꼈다. 그래서 다시 나지막이 속삭였다. "내 소중한 새." 그들은 함께 거닐었고, 그가 또다시 그녀에게 입을 맞췄다. 이번에는 그녀도 함께 입을 맞췄다. 그녀가 가만히 물었다.

"절 사랑하세요? 정말로? 진심으로? 집에서는 아무도 절 사랑하지 않아요."

그래서 그는 그녀를 집으로 초대했다. 음흉한 의도는 전혀 없었다. 그는 단지 그녀에게 입을 맞추고 싶었다. 하지만 그녀는 그를 올려다보며, 그의 손을 꽉 잡으며 말했다.

"저와 결혼을 원하신다면…. 오! 원하지 않으시는군요. 그럴 줄 알았어요. 제가 아주 예쁘지도, 돈이 많지도 않다는 건 잘 알지만, 원하신다면, 기꺼이 당신을 사랑할게요!"

그러고는 허리를 굽혀 잡고 있던 그의 손에 입을 맞췄다. 그 몸짓과 향기, 그리고 검은 머리카락. 로즈 씨는 그 모든 것에 마음이 크게 흔들렸다. 그래서 그는 그녀를 끌어안으며 그녀와 결혼하겠다고, 그녀를 사랑한다고 말했다.

"그 집에서는 불행하오?"

"네, 불행해요!" 그녀가 대답했다.

"좋소! 앞으로는 행복해질 거요. 내가 약속하리다. 당신은 내 아내가 될 거요. 내가 당신을 행복하게 해주겠소."

1시간 후, 그녀가 돌아갔을 때 그들은 결혼을 약속한 사이가 되어 있었다. 혼자 남게 되자, 그는 서서히 이성을 되찾았다. 내가 무슨 짓을 한 거지? 그는 공원을 돌아다녔다. 아름다운 저녁은 이미 사라지고 없었다. 이제 추적추적 비가 내리고 있었다. 그는 말쉐브르 대로의 아파트로 돌아갔다. 그는 날이 저물어도 쫓아낼 수 없는 여자가 있는 그 집을 상상해봤다. 여자는 늘 그의 식탁에 앉아 있을 것이고, 그가 원하든 원치 않든 그의 침대에서 잠을 잘 것이다. 그는 밤마다 늘 그러듯 자기 침실의 빗장을 걸었다. 그런데 갑자기 그 단순한 몸짓이 부부 사이에서는 용납되지 않는다는, 그것이 거의 모욕이나 다름없다는 생각이 들었다. 그러니까 그는 결코 혼자 있을 수 없을 터였다. 아직 젊으니 살다 보면 언젠가 아이가 생길 수도 있었다. 모든 것이 가능했다. 여자, 아이들, 가족.

"웃기는군. 정말 웃겨." 그가 큰 소리로 말했다.

안락의자에 풀썩 앉아 눈을 감고 한참 생각에 잠겨 있던 그가 중얼거렸다.

"그럴 수 없어."

로즈 씨는 벌떡 일어났다. 그가 그토록 민첩하게 움직인 적은 한 번도 없었다. 그는 여행 가방을 침실 가운데로 질질 끌고 와 짐을 꾸리기 시작했다. 이튿날, 로즈 씨는 줄행랑을 쳤다. 이상한 일이었다. 그는 그 연애 사건을 얼마 지나지 않아 까맣게 잊어버렸다. 장장 10년 동안 뤼시 마야르의 기억이 떠올라 마음을 어지럽힌 적은 단 한 순간도 없었다. 그 사이, 1925년에는 그녀가 결혼했다는 소식이 전해졌고, 그로부터 3년 후에는 그녀가 죽었다는 연락이 왔다. 로즈 씨는 의사가 보낸 청첩장과 부고장을 통해 그 두 번의 경조사를 알았지만, 결혼 소식에는 전혀 관심이 가지 않았고, 사망 소식에는 싸구려 동정심 외에는 아무 감정도 느끼지 못했다. 그런데 얼마 전부터, 그녀가 꿈에 보였다. 나이가 들면서 점점 더 자주 그랬다. 다행스럽게도 꿈들은 금방 사라졌다. 그 꿈들은 아주 살짝 불편한 감정만을 남겼고, 그 또한 가벼운 편두통처럼 아침 차를 몇 모금 마시면 곧 사라졌다.

그러고는 1939년이 도래했다. 로즈 씨는 더는 꿈을 꾸지 않았다. 심지어 잠이 점점 줄어들었다. 불안하게 요동치는 세상에서 예전처럼 확실한 걸음으로 나아가는 게 얼마나 힘든 일인지. 로즈 씨는 엄청난 재앙들을 예상했다. 절망스럽게도 자신의 길에서, 또 다른 사람들의 길에서 그 재앙들을 치울 수 없었다. 그래서 그의 마음에는 오로지 한 가지 근심만이, 자기 자신과 자신의 평안, 그리고 자신의 부를 지키는 것만이 남아 있었다.

그는 그 근심을 아무에게도 털어놓지 않았다. 그 감정은 그의 마음 깊은 곳에서 명확하게 밝혀지지 않은 채 혼란스럽게 남아 있었다. 로즈 씨는 절대 파렴치한 사람이 아니었다. 누구나 그러듯, 그도 희생의 불가피성을 일깨우고, 그것의 고귀함을 찬양했다. 시민들의 권리와 의무에 대해 열변을 토하면서도, 속으로는 자신은 다른 사람들과 본질적으로 다르다고 여겼다. 다른 사람들에게는 의무만 떠넘기고, 자신은 권리만 취했다. 그것이 그에게는 지극히 당연한 태도였으며, 거의 본능이었다. 그가 보고 듣고 읽는 모든 것은 무의식 중에 결국 그 자신과 연관되었다. 그는 자신의 이해利害를 통해 세상을 보았다. 자신의 이해가 세상의 운명에 달려 있었기 때문에, 그 운명은 그에게도 아주 중요했다. 이렇게 해서, 그는 자신의 보신을 합리화했다. 유럽의 운명에 대한 걱정으로 잠을 이루지 못했지만, 그렇게 마음의 평화를 버림으로써 그에게 가장 소중한 것을 내놓았다고 손쉽게 확신했다. 아닌 게 아니라, 그가 그 이상 무엇을 할 수 있었겠는가? 로즈 씨는 이제 젊지 않았고 자식도 없었다. 게다가 각종 세금으로 허리가 휠 지경이었다. 그만하면 충분했다.

"가능한 한 많이 건져야 해." 어느 날, 그는 결정을 내렸다.

돈을 어떻게 지키지? 그가 보기에 영국과 미국은 확실한 피난처가 아니었다. 그는 여태껏 쌓아온 경험에 비추어, 유럽을 비롯한 세계의 모든 나라를 하나씩 비교해가며 오랫동안 신중하고 꼼꼼하게 고심을 거듭했다. 하지만 금고 역할을 하기에는 어느 나라도 그리 안전하게 보이지 않았다. 결국 그는 이미 재산의 일부를 투자한 노르웨이를 선택했다.

전쟁이 선포되었을 때, 그는 노르망디의 집에 있었다. 거기서 신선한 우유를 마셨고, 장미들을 돌봤다. 그러다 11월에 말쉐브르 대로에 다시 모습을 드러냈을 때, 그는 서둘러 피난 가는 사람들의 이야기에 웃을 수 있었다.

"부인을 에로 지방으로 보내셨다고요? 정말이지 엉뚱한 생각이로군요!"

"그럼, 로즈 씨, 당신은?"

"오! 저야 여름휴가를 좀 길게 다녀왔을 뿐이죠. 노르망디의 9월 하늘이 얼마나 아름답던지! 솔직히 전 마음도 아주 편하고, 앞으로 무슨 일이 일어나든 아무런 상관없어요. 저처럼 늙은 독신자는…."

그는 탁자 위에 놓아두고 잊어버렸던, 금실로 묶인 봉지를 무심한 동작으로 집어 들고는 호두 프랄린을 꺼내 맛보며 말을 이었다.

"…다른 사람들에게나 자신에게나 아무 쓸모가 없죠. 가끔 지긋지긋하다는 생각이 들어요. 큰 전쟁을 두 번이나 겪었잖아요. 피로 물든 세상이 이젠 역겨워요."

그해 겨울은 그렇게 지나갔다. 그리고 이제 봄이었다. 파리는 그 어느 때보다 아름다웠다. 하늘에는 우수에 어린듯 부드럽고 눈부신 무언가가, 너무나 순수하고 귀한 아름다움의 정수가 떠다녔다. 그래서 로즈 씨는 자기도 모르게 하루하루 출발을 늦췄다.

그렇지만 그는 아주 명확하고 확고하게 정해 놓은 계획

들을 가지고 있었다. 그는 그해, 그러니까 1940년 여름을 노르망디 시골집에서 평온하게 보낸 후에 영국으로 짧은 여행을 떠날 작정이었다. 그는 얼마 전부터 자신이 과로로 많이 지친 상태라고 느꼈다. 물론 노르웨이에서 발발한 전쟁은 로즈 씨에게도 심각한 타격을 입혔다. 하지만 모든 걸 잃은 것은 아니었다. 어쨌거나 그는 그러기를 바랐고, 확신하기도 했다…. 여태까지 그는 이성적으로 깊이 생각하려 했으며, 논리적이고 신중하게 행동해왔다. 그런데 이성과 신중함이 그 힘을, 예전의 효력을 점점 잃어갔다. 어떤 기후 조건에서는 정밀한 기계들조차 고장을 일으키는 것처럼, 그것들도 미쳐버린 세상과 접촉하자 탈이 나 덩달아 미쳐버렸다.

다행스럽게도 로즈 씨의 재산은 노르웨이의 재난으로 다소 줄어들었을 뿐이었다. 따라서 재산은 여전히 남아 있었다. 그에게는 노르망디의 집, 도자기, 그림, 증권, 금이 있었다. 그럼에도 연인에게 배신당한 사람처럼 분노와 회한을 느끼기는 했다. 게다가 그는 시골 생활의 외로움을 두려워했다. 감탄스러울 만큼 아름다운 파리의 봄이 그에게 더 잘 맞았다.

그가 마침내 피난을 결심한 건 6월 10일 밤의 일 때문이었다. 그날 밤, 그는 잠을 완전히 설쳤다. 방공 사이렌 소리가 두 차례나 그를 깨웠다. 침대에서 나오지는 않았지만, 고요 속에 울려 퍼진 사이렌의 부르짖음, 다급하게 층계를 오르내리는 이웃들의 발소리, 아주 가까이서 들려오는 포성 탓에 잠을 이룰 수가 없었다. 그는 밤새 뒤척이다가 아침이 되어서야 잠이 들었는데, 문들이 덜컹거리고 마룻바닥에 지푸라기와 포장지가 굴러다니는 낯선 집에서 자신이 무엇인지 알 수 없는 것을 애타게 찾는 꿈을 꾸었다. 문 뒤에서 누군가가 그에게 서두르라고 소리를 질러댔고, 그는 아주 소중하고 귀한 존재를, 혹은 물건을 필사적으로 찾고 있었다. 그런데 아무리 애써도 찾을 수가 없었고 빨리 출발해야만 했다. 로즈 씨는 꿈에서 울음을 터뜨렸다. 꿈에서 느낀 불안은 두근거리는 가슴을 안고 깨어났을 때도 그대로 남아 있었다. 사람들이 그에게 밤사이의 소식을 전해주었다. 그는 표정이 아주 어두워졌다. 떠나야만 했다.

로즈 씨는 노르망디에 가서도 마음의 평온을 되찾지 못했다. 우스꽝스럽다는 것은 그도 알고 있었다. 그 평화로운 시골 마을에서 어떤 위험이 그를 노리겠는가? 게다가 그가 느끼는 것은 불안이 아니라 슬픔 같은 것이 었다. 그는 자신이 늙었다고, 나이보다 훨씬 늙었다고 느꼈다. 이곳에는 이제 그의 자리가 없었다. 그는 일종의 생존자, 옛 시대의 습관, 취향, 요구들과 더불어 서서히 사라지고 있는 하나의 종이었다. 뭔지 알 수 없었지만, 그 순간 그에게는 다른 것이 필요했다. 아마도 젊음? 하지만 그는 이제 젊지 않았다. 그는 한 번도 젊었던 적이 없었다.

이렇게, 그는 기다렸다.

하지만 오래 기다리지는 않았다. 전쟁은 야생동물이 몸을 곧추세우고 덤불에서 튀어나오듯 단 한 번의 도약으로 로즈 씨의 평화로운 피난처를 덮쳤다. 또다시 떠나야만 했다. 그렇게 공을 들여, 그렇게 고생해서 가져오고, 벽에 걸고, 분류해서 이름을 붙여놓고, 감추었던 은 식기, 서적, 증권, 금, 이 모든 것이 뒤죽박죽 뒤집혔다. 로즈 씨는 일부는 땅에 파묻고, 나머지는 차에 마구 쌓은 뒤 다시 길을 나섰다.

"어제 출발했어야 했어요." 운전기사 로베르가 말했다.

로베르가 로즈 씨의 차를 몰기 시작한 것은 전쟁 선포 직후였다. 로즈 씨는 전에 일하던 기사가 전쟁에 동원되자 대신 그를 고용했다. 그는 워낙 약골이라 병역의무를 면제받은, 키가 작고 머리카락이 다갈색인 남자였다. 운전을 잘했고, 손버릇도 나빠 보이지는 않았다. 로즈 씨는 그가 탐탁지 않았지만 어쩔 수 없이 데리고 있었다. 로베르는 말투에 변두리 계층의 억양이 배어 있었고, 무례한 태도를 보이진 않았지만 막 되어 먹은 구석이 있었다. 로즈 씨는 그가 점점 마음에 들지 않았다. 운전기사 주제에 투덜대거나 어깨를 으쓱거렸고, 거의 상스럽게 대꾸를 했기 때문이었다.

날이 저물었고, 로즈 씨는 배가 고팠다. 그는 그런 재난 상황에서도 그토록 강렬하고 평범하면서도 단순한 욕구를 느낄 수 있다는 것이 참으로 신기했다.

"마을이 보이는 즉시 차를 세우게." 그가 로베르에게 말했다.

로즈 씨에게는 로베르의 목덜미, 그중에서도 푸른 챙의 모자 아래 삐쭉 튀어나온 다갈색 머리카락밖에 보이지 않았다.

로베르는 아무 대답도 하지 않았다. 하지만 붉고 두툼한 그의 귀가 부르르 떨렸다. 등이 더 굽어졌고, 목덜미도 찌푸려지는 듯 보였다. 어떻게 할 것인지는 모르겠지만, 등 뒤에서 봤을 때 그는 말 한마디 않고도 불안과 빈정거림을 분명하게 드러내고 있었다. 그래서 로즈 씨는 화가 나 벌겋게 달아오른 얼굴로 소리쳤다.

"당장 세워!"

"여기서요?"

"그래, 여기서. 배고프니까."

"뭘 드시려고요? 식당은 코빼기도 안 보이는데요."

"농장이 보이잖아. 이런 시기에는 이것저것 가리면 안 돼." 로즈 씨가 침울하고 엄중한 말투로 말했다.

"여기서 차를 세우는 건 바보짓이에요. 한번 세우면 다시 출발하기가 더 힘들 겁니다." 로베르가 빈정거렸다(자동차는 전례 없는 체증에 갇혀 1시간 전부터 꼼짝도 못 하고 있었다).

"시키는 대로 해. 저 집까지 후딱 뛰어가서 빵이든 햄이든 과일이든 살 수 있는 건 뭐든 사 오라고. 아! 그래, 광천수도 있으면 한 병 사고, 목이 말라 죽겠으니까."

"저도요." 로베르가 말했다.

그가 챙 모자를 눈 위까지 눌러쓰고 운전석에서 내렸다.

'저 인간, 내일 당장 잘라야겠어.' 로즈 씨는 생각했다.

내일 당장…. 내일 그는 어디에 있게 될까? 도로를 따라 가면 멀지 않은 곳에 비행장이, 거기서 더 가면 군 주둔지가, 또 더 가면 철도와 다리, 그리고 거대한 공장들이 나온다는 것을 그는 알고 있었다. 날이 저물고 있었다. 길 구석구석에 위험이 도사리고 있었다. 사람들 말로는 루앙이 불타고 있다고 했다. 그의 집은 어떻게 되었을까? 그가 그 집을 떠난 것이 그날 아침이었다. 그는 여전히 거기서 아주 가까운 곳에 있었다. 어쩌면 지금쯤 집이 잿더미로 변해버렸을지도 몰랐다. 하지만 이상하게도, 시간이 가면 갈수록 버리고 온 것에 관한 생각은 점점 줄어들었다. 모든 걸 잃었다 하더라도 어쩌겠는가! 아직 목숨은 남아 있었다. 그는 목숨만은 구할 생각이었다. 이런 순간이면 미래는 현기증이 날 정도로 빨리 쪼그라든다. 그는 이제 내년이나 내달이 아니라 곧 다가올 낮과 밤, 그리고 시時를 생각했다. 그 이상으로는 아무것도 찾지 않았다. 그는 배가 고프고 목이 말랐다. 그는 빵 한 조각, 물 한 잔 외에는 아무것도 욕망하지 않았다. 식량을 가져올 생각을 미처 못 하다니! 그는 모든 것을 꼼꼼히 챙겼다. 열쇠로 문도 잠갔고, 편지와 서류도 분류했고, 예복, 면도기, 빳빳한 접착식 목깃도 잊지 않았다. 그런데 요기할 게 아무것도 없었다. 로베르는 좀처럼 돌아오지 않았다. 그 집은 사람이 살지 않는 모양이었다. 모두 달아나 버린 것일까?

로베르가 마침내 돌아와서는 툭 던지듯 말했다.

"아무도 없나봐요. 불러도 대답이 없어요."

"좀 더 가다가 집이 보이면 다시 시도해보지."

그들은 오랫동안 그 자리에서 꼼짝달싹 못 했다. 마침내 줄줄이 선 차들이 움직이기 시작했다. 로즈 씨가 유리창을 두드리며 말했다.

"저기, 불빛이 보여."

로베르가 차에서 내렸다. 로즈 씨는 〈작은 장난감 병정의 행진〉의 리듬에 맞춰 손가락으로 무릎을 두드리며 기다렸다. 시간이 흘렀다. 마침내 로베르가 돌아왔지만, 빈손이었다.

"아무것도 없어요."

"아무것도 없다니? 사람이 사는 것 같던데."

"피난 가려고 짐 싸고 있어요."

"그래도 배를 채울 뭔가가, 하다못해 빵이나 치즈, 파테 한 조각이라도 있을 거 아냐?"

"아무것도 없대요." 로베르가 반복해 말했다. "생각을 해보세요, 언제까지 길바닥에서 지내야 할지 모르는데…. 내일, 아니, 다음 주까지 먹을 게 아무것도 없을 거예요. 제 말을 못 믿겠으면 직접 가보세요."

로즈 씨는 이미 차에서 내리고 있었다.

"좋아. 자넨 정말이지 서투르기 짝이 없다니까. 분명히 자네가 거만하고 기분 나쁘게 말을 해서 그럴 거야. 그게 자네 습관이거든. 사람들은 그렇게 몰인정하지 않아, 제기랄! 이웃에게 빵 한 조각을 나눠주는 데 인색하지 않다고. 내가 적선을 요구하는 건 아니잖아!" 그가 불같이 화를 내며 말했다.

그는 다닥다닥 붙은 차들 사이로 힘겹게 나아갔다. 전조등은 모두 꺼져 있었다. 사람들은 고개를 든 채 불안한 눈길로 별빛 사이로 지나가는 그림자를 좇았다. 구름일까? 아니면 적군의 전투기?

피난민들은 비행기 엔진 소리를 들었다고 믿었지만, 그것은 그들 무리로부터 하늘을 향해 계속 피어오르는 먹먹한 웅성거림일 뿐이었다. 발소리와 목소리, 길에 깔린 돌 위로 스치는 자전거 바퀴 소리, 참다가 새어 나오는 헐떡이는 수많은 숨소리, 그리고 가끔 들려오는 아이들 울음소리까지. 로즈 씨는 악몽에서 깨어났을 때처럼 안도감을 느끼며 그 무리로부터 멀어져갔다. 그는 자신이 기적적으로 몇 세기 전의 과거로 돌아가 거대한 이주 행렬에 섞여버린 것 같았다. 그는 그 행렬에서 두려움과 수치심을 느꼈다. 그는 평소보다 훨씬 빠른 걸음으로 농장으로 향하는 길을 올라갔다. 로베르의 말은 거짓이 아니었다. 농장으로 들어선 그는 방에서 여자 둘이 흐느끼면서 바닥에 펼쳐놓은 이불에 내의를 던져 넣는 걸 보았다. 늙은 여자 하나가 떠날 채비를 한 채 아이 둘을 안고 문턱에 서 있었다. 다른 아이 둘이 그녀의 치마에 매달려 있었다. 활짝 열린 부엌의 찬장은 텅 비어있었다.

"죄송하지만, 아무것도 없어요. 더는 아무것도 없답니다. 보세요, 남은 거라곤 우리 먹을 소시지 약간 하고 아이들 먹일 우유밖에 없어요. 그게 다예요. 우리도 곧 떠날 거예요."

로즈 씨는 미안하다고 말하고 길을 되돌아갔다.

'로베르를 찾기가 만만찮겠는걸.' 비탈 위에서 피난민의 시커먼 물결이 천천히 흘러가는 것을 내려다 보면서 그는 생각했다.

하나같이 지붕 위에 매트를 얹은 차들은 모두 비슷해 보였다. 그의 차는 아마도 좀 더 앞으로 나아갔을 터였다. 그는 자신의 차를 찾아낼 수가 없었다. 그래서 몇 걸음 걷다가 목청을 돋워 외쳐댔다.

"로베르! 로베르!"

처음에 강압적이고 우렁찼던 목소리는 점점 불안해지고 겁에 질리더니, 결국에는 애원하는 투의 나약한 목소리로 변해갔다. 아무도 대답하지 않았다. 로베르가 그를 버린 것이었다. 차, 궤짝, 은 식기, 옷들과 함께 떠나버린 것이었다.

"나쁜 놈! 도둑놈!" 로즈 씨는 넋이 나간 표정으로 악을 써댔다.

그는 허우적거리며 비탈 위로 달려가 자신도 무엇인지 알지 못하는 것, 경찰서장이든 헌병이든, 자신의 민원을 들어줄 누군가를, 그를 보호해줄 수 있는 누군가를 찾으려 했다. 하지만 아무도 없었다. 그곳에는 아무도 없었다. 달아나느라 바쁜 사람들은 그에게 눈길조차 주지 않았다.

로즈 씨는 결국 숨이 차서 풀숲에 털썩 주저앉고 말았다. 그러다 문득 손을 가슴께로 가져가 지갑이 제자리에 있는 걸 확인하자 약간 마음이 놓였다. 보루를 되찾은 것 같았다. 왜인지 모르게 든든해지기도 했다. 세상 속에서 자기 자리를 다시 차지한 것 같았다.

"이건 분명 잘 넘기면 그만인 악몽의 밤에 불과해. 내일 바로 고소하면 로베르는 체포될 거야. 그는 국경을 넘을 수 없어. 프랑스 내에서는 그를 언제든 잡을 수 있을 거야."

도시나 마을까지만 가면 만사가 해결될 터였다. 하지만 어떻게? 주변의 도로로 자동차, 트럭, 소형자동차, 사이드카, 수레들이 천천히 나아가고 있었다. 겹겹이 쌓아 올린 꾸러미, 상자, 유아차, 자전거들이 금방이라도 무너질 것 같은 비계飛階처럼 휘청거렸다. 앉을 곳, 매달릴 틈이라곤 어디에도 남아 있질 않았다. 그랬다, 로즈 씨를 위한 자리는 없었다! 그러는 사이에 걷는 사람들의 무리가 이미 그를 끌고 가고 있었다.

"좋아, 나도 걸어가면 돼, 젠장!" 그가 호기롭게 말했다.

"누가 선생님 차를 훔쳐 갔나 보죠?" 나란히 걷던 청년이 물었다. "전 자전거를 도둑맞았어요…."

로즈 씨는 처음에는 아무 대답도 하지 않았다. 생판 모르는 사람과 대화를 나누는 것은 그의 습관이 아니었다. 청년은 열여섯이나 열일곱 살쯤 되어 보였는데, 키가 무척 크고 건장했다. 로즈 씨는 속으로 생각했다. '꽤 쓸모가 있겠는데.'

세상이 강한 근육과 억센 주먹만이 가치를 가지던 옛 시절로 되돌아가고 있지 않은가? 그 청년은 그를 도울 수 있을지 몰랐다. 걷는 것을 부축해주고, 먹을 거리를 구해주고, 묵을 곳을 찾아주면서.

그래서 로즈 씨는 결국 이렇게 말했다.

"그렇다네, 내 운전기사가 날 떼어놓고 슬그머니 사라져야겠다고 생각한 모양이야. 그런데 자네는?"

"오! 누가 고장 난 걸 고치게 잠시 도와달라고 부르더군요. 그래서 자전거를 구덩이에 잠시 세워뒀는데, 돌아와 보니 사라지고 없었어요. 그래도 저는 튼튼한 두 다리가 있어서 다행이에요."

"맞아, 다행이지. 멀리서 오는 길인가?"

"여기서 오십 킬로미터 정도 떨어진 학교에서요. 모두 집으로 돌아가라고 하더군요. 선생님 한 분과 함께 출발하기로 되어 있었는데, 마지막 순간에 난장판이 되는 바람에 그 분을 찾을 수가 없었어요. 폭격을 당했거든요. 그래서 저 혼자 출발했어요."

"가족은?"

"시골에 있어요. 투르 근처에."

"거기로 갈 생각인가?"

"예, 원래는…. 그럴 생각으로 출발하기는 했는데, 지금은 생각이 바뀌었다고 말씀드려야겠네요. 저도 이제 열일곱 살이니 입대할 수 있어요. 전쟁 초기에 아버지에게 말했던 것이 있어요. 이제는 영웅적인 삶과 안락한 삶 중 하나를 선택해야만 한다고요."

"암, 그렇고말고." 돌부리에 발이 걸려 비틀대며 로즈 씨가 씁쓸하게 웅얼거렸다.

청년이 빙긋 웃으며 말했다.

"그래요, 물론 선생님 연세에는 힘든 일이죠. 하지만 저는 군에 들어갈 생각이에요. 제가 알기로는, 오를레앙 근처에 군 주둔지가 있어요. 거기서 입대할 거예요. 모두가 싸워야 해요."

"자네 이름이 뭐지, 젊은 친구?" 로즈 씨가 물었다.

"마르크. 마르크 보몽이오."

"파리에 살고?"

"예, 선생님."

그들은 얼마 동안 말없이 걸었다. 1시간, 또 1시간이 지나갔다. 피난 행렬이 더 불어나는 건 불가능해 보였다. 그런데도 모든 거리와 교차로마다 시커먼 그림자들이 쏟아져 나와 행렬에 합류하고는 말없이 앞으로 나아갔다. 사람들은 거의 말을 하지 않았다. 한탄도 하지 않았고, 울음소리나 비명도 들려오지 않았다. 모두가 걷기 위해 본능적으로 숨을 아끼고 있었다. 로즈 씨는 발이 아파 걷기조차 힘들었다.

"저한테 기대세요, 선생님. 염려 마세요, 제가 아주 튼튼하니까요. 그러다간 멀리 못 가세요." 청년이 말했다.

"좀 쉬었으면 좋겠는데…."

"그러시죠."

그들은 구덩이에 풀썩 주저앉았고, 청년은 곧바로 잠이 들었다. 로즈 씨는 피로가 쌓이면 신경이 곤두서서 잠이 달아나버리는 그런 나이였다. 그는 꼼짝 않은 채 가끔 손을 눈으로 가져가 비벼댔다.

"이건 악몽이야. 이건 악몽이야…." 그가 무의식적으로 반복했다.

밤은 금방 지나갔다. 6월의 밤은 짧았다. 날이 밝자, 그들은 다시 걷기 시작했다. 먹을 것은 씨가 말랐고, 묵을 곳 역시 아무 데도 없었다. 사람들은 벌판이나 도로 주변, 혹은 숲속에서 잠을 청했다. 48시간이 지나자, 내의는 더러워졌고, 옷은 구겨졌으며, 신발은 먼지로 뒤덮였다. 이틀 전부터 씻지도 면도를 하지도 못한 로즈 씨의 행색은 걸인이나 다름없었다.

"이러다간 투렌까지 걸어서 가겠어요." 마르크 보몽이 말했다.

그러자 로즈 씨가 발끈하며 반박했다.

"걸어서? 투렌까지 걸어간다고? 말도 안 되는 소리! 상황을 과장하는 한심한 버릇에 빠져들면 안돼, 젊은 친구. 자넨 나중에 자네 아이들에게 이렇게 말하겠지. '1940년 피난 때 아빠는 노르망디에서 투렌까지 걸어서 갔단다.' 물론 자네는 걷기도 하겠지만, 때로는 트럭이나 자동차를, 또 가끔은 자전거를 얻어 타고 갈 걸세. 순수한 상태의 비극은 존재하지 않으니 잘 알아두게나. 언제나 약간의 변동, 희미한 농담濃淡, 미묘한 차이들이 있는 법이니까." 로즈 씨가 넘어졌다 다시 일어서며 말했다. 그는 무릎이 부어올라 점점 걷기 힘들어했다.

실제로 그들은 해 질 무렵에 지나가는 트럭을 얻어 탔다. 축축하게 젖은 방수포 아래, 철수 명령이 내려진 파리 지역 공장의 여자들이 촘촘히 앉아 있었다. 비가 억수같이 쏟아졌다. 서둘러 친 방수포에서 빗물이 떨어져 여자들의 목덜미 속으로 흘러들었다. 그들은 챙겨온 접이식 의자에 앉아서 발치에 꾸러미들을 놓고 무릎에는 아이들을 앉힌 채 굽은 등으로 비를 맞으며 꼼짝하지 않았다. 로즈 씨와 마르크 보몽은 접이식 의자 하나를 얻어 같이 앉았고, 활짝 펼쳐져서 트럭이 덜컹거릴 때마다 요동치는 우산을 나누어 썼다. 몇 시간 후, 그들은 벌판 가장자리에서 태운 아이들을 위해 자리를 양보해야만 했다. 다행스럽게도 비가 그쳤다. 그들은 또다시 걷고, 잠을 청하고, 버려진 농장에서 달걀을 찾아 날로 먹고, 그러다 발을 끌며 걸었다. 한 마을에서 병사들이 그들에게 먹을 것을 나눠주고는 곧 전투가 벌어질 테니 서둘러서 떠나라고 말했다. 그들은 마르크를 받아주지 않았다. "우리에게 부족한 건 병사가 아니라 무기야, 젊은 친구." 로즈 씨와 마르크는 다시 출발했다.

마르크는 적어도 잠은 잘 수 있었다. 바닥에 등을 대자마자 코를 골았으니까. 하지만 로즈 씨는 두 번의 악몽을 꾸는 사이에 잠시 휴식과 망각을 찾을 수 있을 뿐이었다. 그는 자신의 동행을 유심히 살펴보았다. 그 아이는 어딘지 모르게 가엾은 뤼시 마야르와 닮은 구석이 있었다. 왜인지는 모르지만, 혹시 혈육이 아닐까 하는 상상에 그에게 모친의 이름을 물어보기까지 했다. 그러나 아니었다. 아무 관계도 없었다. 살아 있는 소년과 죽은 여자 사이에는 아무것도 없었다. 그들의 젊음이 로즈 씨의 내면에 일깨워놓은 감정 외에는 아무것도 없었다. 예전에 뤼시가 그랬듯, 마르크도 그에게 짜증스러운 동시에 연민을 불러일으켰다. 마르크는 언제든 아이를 안아주거나, 떨어진 꾸러미를 주워주었고, 여정 중에 운 좋게 얻은 얼마 안 되는 식량도 나눠주려고 들었다. 닷새째 되던 날, 그가 손목시계를 잃어버렸다. 로즈 씨가 빈정거렸다.

"저런, 핸드백을 찾아주겠다며 숲을 마구 뛰어다니더니. 여자가 예쁘기라도 하면 몰라. 잘난체하는 늙은 여자를 돕는답시고…. 자전거도 그렇게 도둑맞았겠군. 자네는 살아가면서 늘 도둑맞을 거야."

"오! 저만 그렇지는 않을 거예요."

그는 웃었다. 그는 웃을 수 있었다. 무척 여위었고 창백해진 데다 배가 고팠는데도, 그는 웃었다.

"그게 뭐 어때서요?"

"자전거는 자네 목숨을 구할 수도 있었어."

"오! 자전거가 없어도 난 헤쳐나갈 거예요."

"오, 물론이지, 물론이지. 나도 그랬으면 좋겠네. 하지만 이 꼬락서니를 좀 봐!"

삶이 점점 더 악몽처럼 변해갔다. 식당, 호텔, 주택가, 어디에도 방 한 칸, 침대 하나, 몸을 누일 비좁은 바닥, 배를 채울 빵 한 조각 없었다. 샤르트르에 도착하자 한 병영의 문에서 병사들이 피난민들에게 수프를 나눠주었다. 자기 몫을 받아 든 로즈 씨는 기쁨의 눈물을 흘렸다.

그들은 남쪽으로, 루아르강을 향해 이동할 계획이었다. 그런데 도저히 그곳까지는 못 갈 것 같았다. 어느 날 밤, 누군가가 소리쳤다. "도망쳐!" 폭탄이 떨어졌다. 마르크와 로즈 씨는 작은 담장을 방패 삼아 바닥에 엎드렸다. 로즈 씨는 땅속으로 들어가 숨으려는 듯 손톱으로 땅을 마구 긁어댔다. 그러다 갑자기 자신의 어깨에 단단하면서도 부드러운, 아직 아이의 것 같은 마르크의 손을 느꼈다. 그 손은 중학교 운동장이나 작은 교실에서 아이들이 전학생을 격려할 때처럼 다정하고 조심스럽게 그의 어깨를 토닥였다.

비행기가 멀어져갔다. 다친 사람은 없었다. 하지만 저 멀리, 집 한 채가 불타고 있었다. 로즈 씨가 나지막이 말했다.

"이건 너무해. 나한테는 무리야. 더는 못 견디겠어."

"아뇨, 견디실 거예요. 우리 둘 다 아주 잘 해내고 있으니까요." 마르크가 웃으려고 애쓰며 말했다.

"오! 자네야 열일곱 살이니 그렇지. 그 나이 때는 죽음을 두려워하지 않아. 삶을 사랑하지 않는다고! 난 목숨을 부지하고 싶어. 이해하겠어? 폐허로 변한 세상에 가난하고 늙은 불구자로 남는다고 해도 살고 싶단 말이야."

그들은 다시 도로로 나갔다. 로즈 씨는 더는 말하지 않았다. 그들은 루아르강에 다가가고 있었다. 도대체 얼마 동안 걸었는지 알 수 없을 때, 두 번째 폭격을 당했다. 작은 피난민 무리는 폭풍우가 몰아칠 때 짐승들이 본능적으로 모여 있듯, 서로의 품으로 몸을 웅크렸다. 마르크는 자신의 몸으로 로즈 씨를 보호해주었다. 그래서 마르크는 부상을 입었지만, 로즈 씨는 무사했다. 로즈 씨가 젊은 동행의 상처를 그럭저럭 싸매주었고, 행군은 다시 시작되었다. 마침내 루아르강의 다리들이 그들의 눈에 들어왔다.

로즈 씨는 갑자기 주저앉았다.

"난 더는 못 걷겠어. 불가능해. 차라리 여기서 죽고 싶어."

"저도 더는 못 가겠어요." 마르크가 말했다.

그의 상처에서 피가 흐르고 있었다. 그는 걸음을 내디딜 때마다 비틀거렸다. 늙은 남자와 청년은 길가에 널브러져 앉아 햇빛을 받아 반짝이는 루아르강과 강처럼 흘러가는 피난민의 물결을 쳐다보고 있었다. 로즈 씨는 자신의 모든 것을, 재산이나 목숨까지 초월하는 평온함과 무심함을 느

껐다. 그런데 그가 갑자기 감전이라도 된 것처럼 벌떡 몸을 일으켰다. 누가 소리를 지르고 있었다. 누가 그의 이름을 부르고 있었다.

"로즈 씨! 로즈 씨세요?"

그는 한 자동차 창문에서 눈에 익은 얼굴을 보았다. 이름이 떠오르지는 않았다. 그 얼굴은 마치 다른 세계에서 솟아난 것처럼 보였다. 친구, 먼 친척, 관계가 있는 사람, 척진 사람, 아무렴 어떤가? 중요한 건 그 사람에게 차가 있다는 사실이었다. 물론 다른 차들과 마찬가지로 보따리, 여자, 아이들로 가득했지만, 어쨌거나 그건 자동차였다.

"내가 탈 만한 자리가 있나요?" 그가 소리쳤다. "내 자동차는 도둑맞았어요. 루앙에서부터 걸어왔는데 더는 한 발짝도 못 걷겠어요. 날 태워줘요, 제발!"

차 안에서 사람들이 의논했다. 한 여자가 소리쳤다.

"말도 안 돼!"

다른 여자가 말했다.

"곧 루아르강의 다리들을 폭파할 거야. 그러면 저 사람들은 못 건너가."

그러고는 창밖으로 몸을 내밀어 로즈 씨를 향해 소리쳤다.

"타세요. 탈 자리가 있는지는 모르겠지만, 어디 보자… 어쨌거나 재주껏 타세요."

로즈 씨가 몸을 움직여 일어서다가 마르크를 떠올렸다.

"이 청년한테도 한 자리…."

“그건 불가능하네, 가엾은 친구.”

“난 그를 두고는 가지 않을 거야.” 로즈 씨가 말했다.

너무나 피곤해서 그의 귀에는 자기 목소리가 낯선 이의 목소리처럼 희미하고 아득하게 들렸다.

“친척인가?”

“아니, 아무 관계도 아니야. 하지만 부상을 당했어. 난 그를 두고 갈 수 없어.”

“자리가 없네.”

바로 그 순간, 누군가 소리를 질렀다.

“다리들! 다리들이 곧 폭파될 거야!”

자동차가 서둘러 출발했다. 로즈 씨는 눈을 질끈 감았다. 모든 게 끝이었다. 그는 이제 죽은 목숨이었다. 무엇 때문에? 그에게 아무것도 아닌 이 아이 때문에? 그는 옆에서 소리를 지르는 여자 목소리를 들었다.

“사람들이 다리 위에 있어요! 사람들, 차들이 있다고요!”

그 혼란 속에서, 그 끔찍한 무질서 속에서, 다리가 너무 일찍 폭파되는 바람에 피난민의 차들이, 로즈 씨가 타기를 거부했던 차까지도, 강 속으로 빨려 들어갔다.

로즈 씨는 창백하게 질린 얼굴로 덜덜 떨며 마르크 곁에 털썩 주저앉았다. 차에 타지 않은 덕분에 목숨을 부지했다는 사실을 희미하게 깨달으면서.

(1940)

## 그날 밤

# Les vierges

그들은 서로 사랑했지만 함께 행복하게 살지는 못했다. 두 사람 다 격렬하고 질투심으로 가득했으며, 양쪽 다 상대방에 대해 체념하거나 부드럽게 받아들이지 못했기 때문이다. 그래서 결혼하고 나서도 연인들처럼 싸워댔다. 그들의 생활은 열정적이고 감미로운 화해로 끝나곤 하는 폭풍우의 연속이었다. 그들은 스무 살에 만났다. 그런데 이제 어느덧 마흔다섯이었다. 여자는 대단한 미녀였지만, 화장으로는 깊은 주름이나 씁쓸한 표정을 가릴 수 없는 그런 번민 어린 얼굴이 되었다. 그녀가 애지중지했지만 원하지는 않았던 딸을 느지막이 낳은 이후로, 한때 더없이 아름다웠던 그녀의 몸도 무거워지고 틀어졌다. 남자는 아직 젊어 보였다. 그는 모험을 즐기는 불안정한 성격으로 프랑스에 정착하지 못하고 세상을 돌아다녔다. 여자도 가능한 한 남자를 따라다녔다. 그들은 재산을 모으지 못했고, 한때 힘든 시기를 보내기도 했다. 최근 몇 년 동안 남자는 결국 모로코에서 일거리를 찾아냈다. 그는 건축가였다. 나이가 드니 지혜와 운도 따라온다며 그는 웃음 띤 얼굴로 말하곤 했다. 남자는 이제 거의 부자였다. 어려웠던 시절은 이제 그들의 기억에서 지워졌다. 그런데 그즈음, 남자가 젊은 애인과 함께 달아나버렸다.

이제, 여자와 아이, 둘만 덩그러니 프랑스로 돌아왔다.

여자는 상트르 지방의 한 작은 마을에서 선생으로 일하는 동생 곁에서 마음의 위안을 얻으려 했다. 기차의 도착 시간에 대해 오해가 있었는지, 눈 내리는 역에서 두 여행객을 기다리는 사람은 아무도 없었다. 그 두 명의 여행객은 엄마와 나였다.

나는 일곱 살이었고, 아무것도 이해하지 못했다. 나는 엄마의 넓은 치마폭에 매달려 오들오들 떨었고, 역무원이 들고 있는 채색 조명 때문에 투명한 눈송이들이 부드러운 녹색과 핏빛의 짙은 붉은색으로 번갈아 물들며 떨어지는 것을 바라보았다. 엄마가 짐을 찾으러 간 사이, 나는 난로가 시뻘겋게 달아오르는 텅 빈 좁은 방에 홀로 남아 있었다. 그러다 역에서 나와, 잠든 집들로 둘러싸인 아주 깜깜한 광장을 가로지른 기억이 난다. 자동차가 황량한 들판을 가로질러 몇 킬로미터 떨어진 곳까지 우리를 태워주었다. 눈으로

덮인 벌판이 어두운 하늘을 향해 희미한 빛을 반사했다. 나는 꽁꽁 언 물가에서 농가들과 무너진 담장, 그리고 나에게는 거인들처럼 보였던 소나무들을 보았다. 소나무 가지들 사이로 바람이 불어, 추운 겨울날을 나는 것처럼, 한탄이라도 하는 듯 가늘게 떨리는 음악적인 진동음이 이어졌다. 나는 소리 죽여 흐느꼈다. 내 눈물을 본 엄마는 나에게 웃어 보이려고 애썼다. 엄마가 나에게 손을 뻗어 머리카락을 부드럽게 쓰다듬었다. 그 손은 타는 듯이 뜨거웠고, 나는 내 이마에서 불규칙하고 빠른 박동을 느꼈다. 내가 깜짝 놀라 말했다.

"엄마 손이 뜨거워요. 난 추워서 덜덜 떨리는데."

엄마는 말이 없었다.

여정은 30분가량 걸렸다. 도로의 상태가 좋지 않았다. 시간은 아주 길게 느껴졌고, 내 슬픔은 점점 커져만 갔다. 자동차가 멈추자, 엄마가 마침내 고개를 들고 말했다.

"도착했다, 니콜."

문이 열렸고, 거기서 빛과 열기, 시뻘건 불의 반사광, 정다운 목소리, 웃음소리와 탄성, 그리고 지금도 코끝에 맴도는 냄새가 풍겨 나왔다. 그것은 시골 수프의 냄새, 아마도 옛날식으로 장작불에 아침부터 푹 끓였을 포토프* 냄새

---

* Pot-au-feu, 고기와 야채를 삶은 스튜.

였다. 쉭쉭 소리를 내며 타는 장작불과 그 향기, 모든 것을 압도하는 셀러리의 약간 달짝지근한 냄새가 꽁꽁 얼었던 내 작은 몸을 파고들어 특별한 행복감을 전해주었다. 나는 아직 어둠과 추위 속에 서 있었고, 그 아름다운 부엌의 문턱을 넘지 못했지만, 이미 나의 과거와 아버지, 모로코의 태양과 여행, 그리고 피로를 까맣게 잊었다. 나는 이제 거의 슬픔을 느끼지 않았다. 내 머리 위로 여자들이 눈물을 흘리며 서로를 얼싸안았다. 나는 소심한 눈길로 그들을 관찰했다. 엄마를 에워싸고 있는 여자는 모두 셋이었다. 내 눈에는 그들이 나이 들어 보였다. 첫 번째 여자는 키가 작고 뚱뚱했으며, 약간 떨리는 아름다운 볼에는 윤기가 흘렀다. 회색 머리카락을 깔끔하게 빗어 넘긴 두 번째 여자는 키가 크고 호리호리했다. 세 번째 여자, 알베르트 이모는 작은 들창코에 둥글고 큼지막한 안경을 걸치고 있었다. 엄마는 알베르트 이모를 무척 좋아했다. 엄마는 이모 얘기를 할 때마다 늘 이모가 젊은 여자인 것처럼 말했다. 못 보고 지낸 지 20년이나 됐으니 그럴 만도 했다. 나는 엄마가 내게는 나이 든 부인처럼 보이는 이모를 '알베르트, 내 어린 알베르트, 내 소중한 동생'이라 부르는 걸 듣고 적잖이 놀랐다. 나는 나중에 가서야 나머지 두 여자가 엄마의 먼 친척이자 어릴 적 친구들이라는 사실을 알았다. 뚱뚱한 여자의 이름은 블랑슈, 마른 여자는 마르셀이었다. 그들의 성은 기억나지 않는다. 블랑슈 아주머니는 마을 우체국 직원이었고, 알베르트 이모처럼 학교 선생님인 마르셀 아주머니는 크리스마스 휴가를 이모와 함께 보내러 와 있었다. 그날은 12월 23일이었다. 살롱에는 나를 위해 화환, 장난감, 달콤한 과자들로 장식한 크리스마스트리가 세워져 있었다. 그들이 이것 좀 보라며 내 등을 떠밀었지만, 내 눈에는 아무것도 보이지 않았다. 나는 선 채로 졸고 있었다. 부엌에는 식탁이 차려졌고, 모든 것이 밝고, 따뜻하고, 눈부셨다. 나는 뜨거운 포타주를 몇 숟가락 삼키고는 깊은 잠에 빠져들었다. 잠에서 깨어났을 때, 나는 침대처럼 꾸며놓은 이모 방의 작은 소파에 누워 있었다. 주방 문이 열린 틈으로, 여자 넷이 불가에 앉아 있는 모습이 보였다. 제법 늦은 시각인 것 같았다. 그들은 처음에는 내가 깰까 봐 그랬는지 낮은 목소리로 두런거렸다. 하지만 곧 내 존재를 잊고 대화에 빠져들어서, 나는 오가는 말 하나하나를 모두 들을 수 있었다. 엄마는 아빠가 어떻게 젊은 애인과 함께 달아났는지 이야기했다. 엄마의 얘기는 눈물과 한숨, 그리고 저주 때문에 중간중간 끊기곤 했다.

"그만 해요, 카미유 언니, 그만해. 말해봤자 언니 마음만 아프니까." 이모가 측은하다는 표정으로 말했다.

"아냐, 내버려둬. 속이라도 후련해지게. 그동안 얼마나 숨이 막혔는지…." 엄마가 대답했다.

나는 엄마가 실제로 숨이 막힌다는 듯, 두 손을 목으로 가져가는 것을 보았다. 뺨에는 눈물이 흐르고 있었다.

"그 사람은 나를 너무 불행하게 만들었어. 너희들은 몰라, 알 수가 없지…. 난 그를 너무나 사랑했어. 남편이라고 해도, 한 남자를 그토록 사랑하는 건 죄악인 것 같아. 적어도 난 내가 잘못했다고 느꼈어. 너무 지나쳤거든. 나는 그에게 완전히 홀려 있었어. 그 사람 때문에 내가 어떤 환경에서 살았는지 너희는 몰라! 나는 유럽 여자라면 결코 지내고 싶지 않을 아프리카 오지로 그를 따라갔어. 그가 아프리카의 한 전제군주를 위해 궁궐을 짓던 시절이었지. 그곳도 최악은 아니었어. 거기서 내가 질투할 여자라곤 원주민들뿐이었으니까. 하지만 카사블랑카에서는…. 불안 속에서 산다는 게 어떤 건지 너희는 몰라. '그는 이제 없어. 그는 떠났고 돌아오지 않을 거야'라고 생각하며 잠에서 깨어나는 게. 기다리고 또 기다리는 게. 그가 여기 있다는 걸 확인하고는 거의 서글퍼질 만큼 기뻐하면서 '아, 그가 아직 있어. 오늘은 아냐.'라고 되뇌는 게. 그는 바람을 피우며 돌아다녀도 결국에는 개처럼 집으로 돌아오는 다른 남자들과는 달랐어. 나는 그가 언젠가는 완전히 떠나리라는 걸 알고 있었어. 그도 그런 마음을 감추지 않았지. '여보, 당신은 이십오 년 동안이나 날 붙잡아뒀어. 참 대단해. 하지만 언젠가 난 떠날 거야.' 정말 못됐다고? 아니, 그는 못된 게 아니라 고분고분하지 않아서 다루기가 힘든 거야. 진정한 모험가의 기질을 타고난 거지. 그는 가끔 나를, 뭐랄까, 마치 정말 나를 알아보지 못하는 것처럼, 마치 '도대체 이 여자가 여기서 뭐 하는 거지?'라고 생각하는 것처럼 깜짝 놀란 표정으로 날 쳐다보곤 했어. 자식? 그런 남자들은 부성애가 없어. 아닌 게 아니라, 그를 비난할 거리가 없기는 해. 죄인은 바로 나지. 내가 그와 결혼을 하지 말았어야 했어. 우리는 둘 다 스무 살이었지만, 이미 그는 자기 자신을 알고 있었어. 자신이 어떤 피를 타고났는지 알고 있었지. 그의 아버지도 어느 날 가족을 내팽개치고 떠나버렸어. 홀연히 사라져버린 거야. 어떻게 됐는지 아무도 몰라. '난 돈을 좋아하지 않아. 노름도, 술도, 여자도 마찬가지야. 하지만 변화에 대한 열정이 있지. 뱀이 허물을 벗듯이 이전의 삶에서 벗어나려는 열정 말이야. 미리 경고하는데, 난 당신을 고통스럽게 할 거야.' 그 사람은 이렇게 말했어. 하지만 난 그의 말을 믿지 않았지. 맙소사, 맙소사, 난 왜 널 따라 하지 않았을까, 알베르트? 난 왜 너처럼 남자 없이, 홀로, 조용히 지내지 못했을까? 난 널 보면 부러워. 알베르트, 넌 네가 얼마나 행복한지 알기나 하니? 사랑, 사랑, 끔찍하기 짝이 없는 거짓 놀음!" 내 가엾은 엄마가 외쳤다.

"하지만 모든 결혼이 불행한 건 아니야…." 뚱보 블랑슈 아주머니가 부드럽게 말했다.

"삶이 끔찍한 거지. 너희는 삶에서 동떨어져 있어. 너희가 옳아. 삶은 여자를 아프게 하고, 망가뜨리고, 더럽히고, 상처 입게 해. 여자에겐 사랑 외에는 삶이 없다고 말하는 건 남자들이야. 그런데 혼자 사는 너희는 행복하잖니? 날 봐. 나도 이제 너희처럼 혼자야. 하지만 이건 내가 원해서 찾은 고독이 아니라, 굴욕적이고 쓰디쓴 나쁜 고독이야. 버림받고 배신당해 얻은 고독이지. 난 직업도 없어. 가슴을 채우고 정신을 달래줄 게 아무것도 없어. 자식? 그건 날 계속 후회하게 하는 살아 있는 기억이야. 너희는, 너희는 행복하잖아."

꽤 긴 침묵이 흘렀다. 알베르트 이모가 불을 손보기 위해 일어났다. 훅훅 한참을 불었는데도, 장작에 불이 붙지 않고 마치 신세 한탄을 하는 것 같은 소리만 났다.

"뭐야, 그 치들, 나한테 젖은 장작을 배달했군. 나무가 우는 것 같은 소리가 들리지 않니?"

실제로 벽난로에서는 무언가가 새는 소리, 휘파람 소리, 애처로운 고양이 울음소리 같은 소리들이 들려왔다. 나는 망연히 나무가 우는 소리에 귀를 기울였고, 주변에 굵직한 은색 눈물방울을 퍼뜨리는 자작나무, 서양 벚나무, 떡갈나무 장작을 상상했다.

마침내 알베르트 이모가 입을 열었다.

"가여운 카미유 언니, 솔직히 난 언니의 운명을 부러워한 적이 없어. 사실 난 정말 행복해. 난 흥미로운 직업도 있고, 그럭저럭 여유도 있어. 아이들도 예쁘고 가르치는 것도 좋아. 시골 생활에도 만족해. 언니도 알게 되겠지만, 이곳이 좋은 건 사람들이 틈만 나면 험담을 해대는 촌 동네가 아니라 약간은 자연 그대로인 진짜 시골이라는 점이야. 자연이 아주 아름다워. 그리고 언니도 보다시피, 나한테는 집도 있어."

다른 여자들도 동의했다.

"맞아, 카미유, 너의 예를 보면 사랑하고픈 마음이 사라지는 건 확실해. 그래도 우리, 결혼하고 싶은 마음이 사라진다고 말하진 말자고." 마르셀 아주머니가 말했다. "내가 너라면 그런 생활을 견뎌낼 수 없었을 거야. 네가 겪어야 했던 그 모든 일을. 하지만 당연히 너도 처음에는 행복했겠지…."

"난 한 번도 행복했던 적이 없어." 엄마가 격한 어조로 말했다. "그가 바람을 피운다는 사실을 안 건 결혼한 지 다섯 달이 지났을 때였어. 심지어 내가 임신 초기일 때도 그랬지. 너희는 모르겠지만, 여자는 그런 순간에 자신이 너무나 약하다고 느끼고 몹시 불안해해. 그래서 누가 계속 곁에 있으면서 안심시켜주길 바라지. 너희는 이해 못 할 거야. 난 그가 날 속인다는 걸 알았지만, 나로서는 할 수 있는 게 없다고 생각했어. 그와 헤어지거나 모르는 척하거나, 내가 선택할 수 있는 건 둘 중 하나였어. 나는 그를 사랑했어. 그래서 모든 걸 받아들였지. 오! 그래, 난 내가 행복했다고 말할 수도 없어."

노처녀들은 엄마를 위로해주며 애정 어린 말들을 웅얼거렸다. 알베르트 이모가 부드럽게 말했다.

"이리 와, 불가로 와서 몸을 좀 풀어, 가여운 카미유 언니. 언니가 나쁜 날들을 잊을 수 있게 우리가 보살펴줄게. 이렇게 예전처럼 모두 모이니까 기분 좋지 않아? 삶이란 게 참 묘해! 우리 각자에게 어떤 순간이 찾아오고, 어떤 일이 일어나서 우리의 운명을 이런저런 방향으로 틀어놓았다는 생각을 너희도 가끔 하니? 언니는 형부와 첫 만남에 대해 얘기를 나한테 자주 해줬잖아."

"그래, 우리가 살던 작은 도시에 그가 잠시 들렀지. 그는 성당 구경을 하고 돌아왔고, 나는 엄마 심부름으로 잡화점에 분홍색 실을 가지러 갔어. 잡화점을 나서면서 거울에 내 모습을 비춰봤는데 모자가 영 마음에 안 드는 거야. 그래서 다시 들어가 새 모자를 사서 나오다가 문턱에서 앙리와 마주쳤어. 그 순간 우린 서로를 바라봤고, 사랑에 빠져들었지…. 오 분만 늦었다면, 그는 한쪽으로, 나는 다른 쪽으로 갔을 거고, 우리의 운명은 엇갈렸을 거야. 그랬다면 나도 너희처럼 늙을 때까지 평온하게 살고 있겠지."

"나도 그래." 블랑슈 아주머니가 웃으면서 말했다. "나도 내 삶을 뒤바꿔놓은 순간을 정확하게 기억해. 아무한테도 얘기한 적 없어. 너무 창피해서. 내가 스무 살 때 사랑에 빠졌는데… 상대가 누군지는 안 밝힐래! 어차피 이젠 너무 늦었으니까. 죽었거든. 자식 다섯을 남겼는데, 그 부인은 빈털터리로 홀몸이 됐어. 키 큰 갈색 머리 여잔데, 가슴이 완전히 절벽이었지. 부모님 댁에 갈 때면 지금도 가끔 그 여자와 마주쳐. 나는 그가 언젠가는 나한테 고백을 하고, 청혼하리라는 걸 알고 있었어. 너희도 알다시피(그녀는 아이처럼 살짝 웃었다), 여자는 그런 거 귀신같이 알아차리잖아. 그 남자가 나에게 청혼하려 했었어. 우리 둘밖에 없었는데, 우린 둘 다 소심했어. 그가 나에게 다가왔는데, 바로 그때 내 속옷 어깨끈이 끊어질 것 같은 거야. 나는 그 당시 유행했던 가운데에 투명한 레이스 띠가 들어간 얇은 블라우스를 입고 있었는데, 속옷이 벗겨지면 가슴이 보일 것 같더라고. 요즘 젊은 애들이야 그래도 부끄러운 줄 모르겠지만, 그때만 해도 가슴을 남자에게 보여주는 건 끔찍한 일이었지! 그리고 너희니까 하는 말이지만, 내가 완벽한 가슴을 갖고 있었다면 몰라도…. 그런데 불행하게도 나는 늘 좀 뚱뚱한 편이었어. 그래서 난 비명을 내질렀고, 얼굴이 홍당무처럼 빨개졌어. 그러곤 거의 울다시피 말했지. '다가오지 말아요, 외젠. 가까이 다가오지 말아요.' 그 가엾은 청년은 슬퍼했어. '왜요, 블랑? 무슨 일이에요? 내가 무서워요?' 나는 양팔로 가슴을 꼭꼭 가리면서 이렇게 반복할 수밖에 없었어. '저리 가요. 저리 가라니까요.' 그는 내가 자신을 무서워한다고 생각했어. 그래서 낙담한 표정으로 가버렸지. 이튿날, 그는 나에게 아주 차갑게 인사했어. 그러고는 영영…."

그녀가 한숨을 내쉬었다.

"생각해봐, 내 속옷 천이 더 질겼더라면, 난 그 불쌍한 갈색 머리 여자처럼 돈 한 푼 없이 아이 다섯을 키워야 하는 과부 신세가 되었을 거야."

"클레오파트라의 코가 조금만 더 낮았더라면." 이모가

무의식적으로 중얼거렸다.

이번에는 마르셀 아주머니가 끼어들었다.

"난 생각이 달라. 그건 우연이 아니라 본능의 문제야. 내 동료 중 하나도 나처럼 노처녀인데, 사람들이 왜 결혼을 안 했냐고 물으면 늘 '어쩌나 보니 그렇게 됐어요.'라고 대답해. 하지만 아니야. 그건 정확하지 않아. 결혼에 대한 소명이 있느냐 없느냐, 그게 중요하지. 결혼, 사랑, 간단하게 말해 삶에 대한 소명. 우리는 온 힘을 다해 살기를 원하든지, 아니면 평온을 갈망하게 되어있어. 난 늘 평온을 갈망했어. 그래서 한동안 수녀가 되었으면 좋겠다고 생각한 적도 있었어. 그러다가 나에게 필요한 건 주님이 아니라, 내 소박한 일상을 반복하면서, 나만의 소중한 습관들과 함께 조용히 지내는 삶이라는 걸 깨달았지. 남자! 맙소사! 내가 남자를 데리고 뭘 하겠어!"

"남자!" 엄마가 메아리처럼 반복했다.

잠시 침묵이 흐른 후에 엄마가 덧붙였다.

"네 말이 맞아, 마르셀. 그건 우연이 아니라 본능, 나아가 욕망의 문제야. 결국, 우리는 늘 이 세상에서 가장 격렬하게 욕망하는 걸 얻게 돼. 그게 우리가 받는 가장 큰 벌이야."

나는 엄마의 목소리와 말하는 방식이 1시간 만에 완전히 달라졌다고 막연하게 생각했다. 실제로 그날 밤부터 엄마는 더 이상 예전의 엄마가 아니었다. 엄마는 부엌과 텃밭, 그리고 정원 일을 하고, 이모가 학교에 있는 동안 암탉과 아픈 사람들을 돌보는 약간은 억센 시골 아주머니가 되었다. 몇 년 후에 엄마는 다시 결합하기를 원하는 아버지에게 이렇게 답변할 정도로 안정되었다.

"그건 마치 정신병에 걸렸다가 완치된 사람한테 강압복을 다시 입으라고 요구하는 것과 같아요, 가엾은 양반…."

내 아버지는 아프리카 오지에서 홀로 지내다가 몇 달 후 갑자기 사망했다.

내가 지금 얘기하는 밤은 내 기억 속에 생생하게 남았다. 나는 장작불을 바라보며 여자들이 나누는 얘기를 귀 기울여 들었다. 하지만 대화의 반쯤만 이해할 수 있었다. 나는 잠들고 싶었지만 그들이 이야기하는 소리 때문에 자꾸 잠이 깼다. 마르셀 아주머니는 뜨개질을 하고 있었다. 나는 쇠바늘이 부딪치는 아주 작은 소리와 그들의 말소리를 들었다.

"너희도 알다시피, 난 열 형제의 맏이였어. 코딱지만 한 집에 아이가 열이니, 나는 많은 걸 미리 알 수 있었지. 나는 사랑도, 결혼도, 출산도 꿈꿔본 적이 없어. 그 모든 것의 이면을 알고 있었거든. 아버지는 엄마 혼자 집에서 아이들과 그럭저럭 살림을 꾸리도록 내버려둔 채 허세를 부리며 카페로 가버렸어. 엄마는 열한 번째 아이, 막둥이 루이를 낳다가 돌아가셨지. 나한테 아기들과 그들을 돌보고 보살피는 행복에 대해서는 말하지 말았으면 좋겠어. 그게 어떤 건지 아니까. 지긋지긋할 정도로. 난 맏이였다니까. 나는 빨래와

청소를 했고, 젖병 준비도 도왔어. 아이들이 울면서 깨우는 것도 나였고, 늘 아이 하나를 손이나 치마에 매달고 또 다른 아이를 팔에 안은 채 잠시도 쉬지 못하고 집에서, 정원에서 일하느라 서른의 나이에 벌써 폭삭 늙어버린 엄마를 보는 것도 나였어. 오! 아니, 난 결코 남자나 아기들을 바란 적이 없었어. 다행스럽게도 나는 지금 정말 편안하고 생활비도 내 손으로 벌어. 정원도, 작은 집도, 꽃과 가축들도 갖고 있지. 난 다른 삶이 아니라 이런 삶을 위해 태어난 거야. 너도 마찬가지야, 블랑슈. 네가 정말 사랑에 빠졌다면 그 남자를 밀쳐내지 않았을 거야. 부끄러움도, 그의 눈에 아름다워 보이지 않으면 어쩌나 하는 두려움도 잊었을 거야. 네가 정말 사랑에 빠졌다면 사랑이 널 아름답게 만든다는 걸 본능적으로 알았을 거야."

나는 일곱 살 아이에 불과했지만, 그 여자들이 '사랑, 결혼, 출산, 자식'을 발음하는 방식에 큰 충격을 받았다. 회한과 애정으로 가득한 그 목소리라니!

"알베르트, 넌 그래도 사랑을 위해 태어난 것 같았는데." 엄마가 이모의 손에 뺨을 갖다 대고는, 생각에 젖어 장작불을 바라보며 말했다. "무엇보다 넌 예뻤잖니…."

"예쁘기는… 아냐." 이모가 말했다.

"맞아. 네가 우리 중에 제일 예뻤어. 지금도 네 이목구비는 아름답고 섬세해. 그 끔찍한 안경만 벗어버린다면…."

"내 가엾은 눈." 이모가 한숨을 내쉬었다.

"아! 알베르트, 열일곱 살 때 넌 웃기 좋아하고, 놀기 좋아하고, 남자들 마음에 들고 싶어 했어! 그런데 갑자기 변했지. 왜 그랬어?"

"변했다고? 그게 무슨 뜻이야?"

"축제든 산책이든, 밖에 나갈 생각을 아예 하지 않았잖아. 젊은 남자들을 피해 다녔지. 왜 그랬어? 난 네가 수녀가 되길 원한다고 생각하기도 했어. 그러다가 나중에는 널 원치 않는 누군가를 사랑하나 보다 했지."

"난 아무도 사랑한 적이 없어. 왠지 알아? 난 언니를 지켜봤고, 언니가 얼마나 불행한지 잘 알았어. 그래, 언니는 언니의 삶을 가족에게 감춘다고 믿었지. 아마 아빠와 엄마는 아무것도 몰랐을 거야. 하지만 난 아니었어. 내가 언니를 무척 아꼈다는 건 언니도 알 거야. 나는 형제 중에서 언니를 제일 좋아했지. 언니가 소설에 나오는 것처럼 부모님의 반대를 무릅쓰고 결혼을 밀어 부쳤을 때, 내 눈에는 언니가 너무나 멋져 보였어. 나에게 언니는 살아 있는 가르침이었고 본보기였지. 언니가 행복했다면, 나도 언니를 따라 했을 거야. 그런데 어느 날, 난 언니와 형부가 싸우는 소리를 들었어. 아! 그건 정말이지 끔찍했어."

"싸우는 소리라…." 엄마가 나지막이 말하고는 어깨를 으쓱했다. 허구한 날 싸웠으니 아무 의미도 없다는 듯이.

이모는 의자에서 허리를 펴고 자세를 고쳐 앉았다. 그러고는 단호한 움직임으로 안경을 벗었다. 아닌 게 아니라, 내가 보기에도 그녀는 아직 예뻤다. 도도하고 뾰족하면서 살짝 들린 작은 코, 아름답게 곡선을 그리는 눈꺼풀, 두 뺨의 단단하고 둥근 생김새는 그녀의 철 지난 원피스, 나이 든 여인의 머리 모양, 그리고 아마도 제자들을 굽어보는, 그래서 늘 모든 시선을 한몸에 받는 선생님의 태도에서 비롯되었을 무척이나 곧은 자세와 겹쳐지지 않는 구석이 있었다.

"오! 카미유 언니, 언니도 그 싸움을 잊지 않았을 거라고 확신해. 어쨌거나 그 일은 나한테 엄청난 영향을 미쳤어. 그건…."

그러다 그녀가 잠시 얘길 중단했다.

"뭐야, 언니, 뱅쇼 안 마시고 있잖아!" 이모는 질책하듯 소리쳤다.

그녀는 잠시 액체로 가득한 잔을 두 손으로 감싸 들었다. 알코올과 계피의 풍부하고 뜨거운 향이 물씬 풍겼다. 엄마도 훌쩍거리며 뱅쇼를 몇 모금 마셨다. 이윽고 이모가 말을 이었다.

"언니가 결혼한 지 일 년 정도 되었을 때일 거야. 내가 파리에 있는 언니 집에 갔을 때였지. 언니와 형부는 내 앞에서는 전혀 다투지 않았어. 그리고 난 내 눈에는 사랑의 본질 그 자체였던 우리 부모님처럼 더할 나위 없이 부드럽고 평화로운 부부 관계와 전혀 다른 부부 관계가 있으리라고 상상할 수 없었어. 당시 열일곱 살이었던 나는 이렇게 말하곤 했어. '난 이것저것 계산하는 결혼은 안 할 거야. 카미유 언니처럼 사랑하는 사람과 결혼할 거야.' 그런데 어느 날 밤…."

그녀는 그때 기억을 떠올리면 아직도 소름이 끼친다는 듯 몸서리를 쳤다. 어깨를 움츠리고는 부르르 떨며 불길을 향해 두 손을 내밀었다.

"어느 날 저녁, 언니와 형부는 연주회에 갔어. 난 감기가 들어서 그냥 집에서 쉬었고. 곤하게 자고 있다가 화난 목소리가 들려서 깼어. 내 방은 언니 부부의 방과 붙어 있었어. 언니 입에서 끔찍한 말들이 튀어나오는 걸 들었어…. 오! 지금도 그 생각을 하면 온몸이 얼어붙는 것 같아. 언니는 단조롭고 낮게 깔린 목소리로 탄식처럼 반복했어. '차라리 죽어버리고 싶어, 앙리. 차라리 죽어버리고 싶다고.' 둘 사이에 무슨 일이 있었는지 정확하게 알 순 없었지만, 다른 여자가 문제였던 것 같아. 그런데 형부는… 변명을 늘어놓거나 언니를 위로하려고 하지도 않았어. 그냥 웃기만 하더라고, 짐승 같은 사람 같으니! 너무나 잔인하고 무례하고 냉혹한 웃음이었지. 내가 남자였다면 아마 그의 면상을 박살 내줬을 거야. 나쁜 남자! 무정한 남자! 그러고는 언니와 형부는 둘 다 아주 큰 소리로 서로 욕을 해댔고, 나는 두려움과 연민에 사로잡힌 채 가슴을 두근거리며 귀를 기울였어. 내 가여운 언니…. 내 소중한 언니…. 그날 밤, 그 작자는 언니를 때리기까지 했어. 언니는 비명을 질렀고. 난 귀를 틀어막았지. 난 그 한탄과 비명으로부터 달아나기 위해 베개에 얼굴을 파묻고 이불을 뒤집어썼어. 하지만 그 소리들은 날 계속 쫓아왔지. 나는 생각했어. 맙소사! 사랑은 이런 식으로 끝나는 걸까? 입맞춤과 애무로 시작해서 손찌검으로 마무리되는 걸까? 여자가 그 정도로 자존심을 잃을 수 있다니! 용서해줘, 카미유 언니, 언니가 형부를 사랑했다는 건 나도 알아. 언니가 툭하면 말했던 것처럼, 가족에게 진실을 털어놓느니 차라리 죽는 쪽을 택하리라는 것도. 아무리 그래도 콧대 높기로 소문난 언니가 그렇게까지 추락하다니! 난 겁에 질린 채 날이 밝기만을 기다렸어. 언니한테 이렇게 말해줄 참이었지. '형부와 당장 헤어져. 나랑 같이 집으로 돌아가. 내가 언니를 돌봐주고, 언니를 위해 일할게….' 내가 오늘에야 언니한테 말하는 것처럼 말이야." 이모가 아주 부드러운 목소리로 말을 이었다. "가여운 카미유 언니! 그날 밤 언니는 가혹한 아픔을 겪었지만, 나에게는 크나큰 도움을 줬어. 난 그 이튿날 언니와 헤어져 집으로 돌아왔지. 난 언니한테 감히 아무 말도 할 수가 없었어. 게다가 언니의 이 말이 내 말문을 막아버렸어. '난 행복해, 알베르트.' 그 후로 많은 시간이 흘렀지만, 그날 밤의 끔찍한 인상은 너무나 생생하게 남았어. 남자들이 나에게 사랑의 말을 건네면 또다시 언니의 신음과 비명, 형부의 웃음소리가 들려왔어. 남자는 나를 겁에 질리게 했어. 내가 결혼을 하지 않은 건 바로 그 때문이야. 부모님이 맺어준 결혼도 원치 않았으니까. 그런데 언니가 그날 밤 일을 잊었다니…."

그들 사이에 침묵이 흘렀다. 그 침묵이 어찌나 길었는지 내가 꾸벅꾸벅 졸 정도였다. 나는 눈을 반쯤 감고 있었다. 그러다가 긴 한숨 소리가 날 깨웠다. 난 무의식적으로 엄마를 쳐다보았다. 뱅쇼를 마셔서 그런지 엄마의 두 뺨이 살짝 상기되어 있었다. 엄마는 긴장이 풀린 듯 보였고, 알 수 없는 이유로 인해 마음이 가라앉아 모든 것에서 초연한 듯 보였다. 엄마가 또다시 두세 번 한숨을 내쉬었다.

"난 그날 밤을 잊지 않았단다, 알베르트. 그날 밤, 네가 알고 있듯이…. 하지만 넌 이해 못 할 거야. 그걸 이해하려면 여자로 태어나야 하고, 여자가 되어야 하고, 젊은 연인을 가져봐야 해." 그녀가 나지막하고, 비밀스럽고, 부끄러운 듯한 말투로 말했다. "그래, 그는 나에게 욕을 했고, 나를 때리기까지 했어. 날 비웃기도 했지. 하지만 그 후에는, 오! 알베르트, 순진하고 착한 알베르트, 네가 우리 방으로 달려왔다면 우리가 최고의 키스, 네가 조금 전에 말한, 아빠가 엄마에게 해주던 싱거운 키스와는 전혀 다른 키스를 나누는 걸 봤을 거야. 알베르트, 난 너에게 단 한 번도 행복했던 적이 없다고 말했지. 사실이야, 천 번 만 번 사실이야, 하지만…. 그래, 그건 행복은 아니야. 그건 사랑만이 삶에 줄 수 있는 것이지. 달콤하고, 촉촉한 과일 같은, 약간은 떫기까지 한 젊은 입술의 맛…."

"끝내는 재의 맛으로 변해버리지." 마르셀 아주머니가 비꼬았다.

"그래, 하지만… 너희는 날 이해하지 못해. 사랑은 고통에서 태어나고, 눈물을 먹고 살아. 그날 밤은, 알베르트, 아마 내 인생에서 가장 아름다운 밤이었을 거야. 가장 행복한 밤이 아니라. 가장 아름답고, 가장 충만했던 밤. 나는 펑펑 울었고, 그는 내 눈물을 마셨어. 그의 입술이 가볍게 빨아들이며 내는 소리, 나지막이 헐떡이는 소리가 아직도 들리는 것 같아. 너는 이렇게 말하지. '언니는 그를 사랑했기 때문에 모든 걸 받아들였어.' 네 입술에서 나오는 '언니는 그를 사랑했어'라는 말은 싱겁고 차가워. 하지만 나로서는…. 아! 내가 그를 사랑했는지 아닌지는 나도 모르겠어. 뭐랄까, 그건 사랑의 문제가 아니야. 나에게는 목소리의 뉘앙스, 발소리, 목에 와 닿는 손의 감각, 격렬한 몸싸움과 키스가 필요했어. 빵이나 물, 소금이 필요한 것처럼."

이상한 일이었다. 엄마의 말들은 빈약하고 서툴렀으며, 목소리도 고르고 단조로워서 정열적이지 않았다. 그랬다, 엄마에게는 열정의 흔적이 더는 남지 않은 것 같았다. 하지만 엄마는 감히 흉내 낼 수 없는 경험자의 권위를 갖고 있었다. 그녀는 음악가, 예술가, 천재적인 창조자가 망설이며, 틀려가며, 고쳐가며 〈월광 소나타〉를 연주하는 소녀들에게 말하듯 그 노처녀들에게 말하고 있었다. 어쩌다 내 아버지의 이름을 입에 올릴 때면, 엄마의 입술은 물어뜯는 것도 입을 맞추는 것도 아닌 묘한 움직임을 보였다.

나는 엄마가 살아오면서 처음으로 자신의 사랑을 '말했

다'고 생각한다. 엄마는 강력한 경쟁자로 보이는 모든 여자에게 혐오감을 느꼈다. 그래서 엄마에게는 친구가 없었다. 하지만 함께 자란 그 세 사람은 안전했다. 그들이 엄마의 소중한 남자를 앗아갈 리는 없었으니까. 엄마는 그들에게 자신의 진심을 털어놓았다. 처음에는 망설이며 이야기를 시작했지만, 나중에는 기억의 물결에 휩쓸려갔다. 분명, 엄마가 말을 하면 할수록, 사랑은 떠나갔다. 마개를 열어놓은 향수병에서 향기가 날아가듯, 사랑은 그녀의 가슴에서 달아났다. 분명히 말하는데, 프랑스에서 첫 밤을 보낸 순간부터 엄마는 아버지를 잊기 시작했다.

엄마가 깊은 연민에 사로잡힌 표정으로 말을 이어갔다.

"물론 너희는 이해하지 못할 거야. 그러니까 마르셀, 너는 네 엄마를 보고 같은 처지가 될까 무서워서 결혼하지 않았어. 대가족에, 가난하고…. 당연히 무서웠겠지. 나도 네 엄마를 본 적이 있어. 늘 배가 불러 있었고, 자식들을 돌보느라 지친 기색이 역력하던 그 불쌍한 분이 기억나. 하지만 네가 안다면…. 들어봐, 저 아이가 태어났을 때 내가 직접 수유를 했는데, 가슴이 터서 갈라졌어. 있잖아, 그러면 네가 상상도 할 수 없을 정도로 아파. 마치 가슴에 칼날을 박아 과일을 둘로 가르듯 쪼개는 것 같지. 하지만 가끔 피가 섞이기도 하는 젖이 아이의 입으로 흘러들어가면… 아! 내 가엾은 마르셀…, 뭘 원하니? 그게 바로 삶이야. 날것 그대로의 삶은 그런 거야."

엄마가 입을 다물었다. 나는 그녀가 식탁에 내려놓은 빈 잔이 쨍그랑거리는 소리를 들었다. 엄마의 머리카락은 풀어 헤쳐져 있었다. 길고 약간은 뻣뻣한 검은 머리에 희끗희끗한 머리카락이 섞여 있었다. 아직도 생생하게 떠오르는 그녀의 아름다운 얼굴은 가을 밭처럼 주름지고, 고통에 일그러지고, 퀭하고, 황폐하게 변해 있었다. 여자 셋은 입을 다물고 있었다.

가장 유순한 성격의 블랑슈 아주머니가 한숨을 내쉬며 말했다.

"확실한 건…."

그녀는 말을 마치지 않았다. 마르셀 아주머니가 입술을 깨물며 거만하게 말했다.

"그런 기쁨은 다른 여자들의 몫이야, 카미유, 내가 장담해."

"하지만 언니가 아까는, 아까는…." 알베르트 이모가 외쳤다.

"아까는 내가 불행했다고 했지." 엄마가 끼어들었다. "사실이야. 난 네가 부러워. 너희의 평화로운 생활이 부러워. 하지만… 난 풍요로웠고, 가득 채워졌었어. 그런데 너희는 아무것도 누리지 못했지."

그러자 나의 이모 알베르트가 뜨개질감을 떨어뜨리고는 두 손으로 눈을 가리더니, 갑자기 울음을 터뜨렸다.

깜짝 놀란 엄마가 애석해하며 천천히 몸을 일으켜 그녀

를 달래러 갔다. 하지만 이모는 엄마를 뿌리쳤다.

"왜 그러니, 알베르트? 나도 알아, 이해해, 내가 가여워서 우는구나…."

"언니가 가엽다고? 오! 천만에! 가여운 건 언니가 아니야."

그러고는 고통과 앙심이 묻어나는 말투로 덧붙였다.

"언니는 이 모든 걸 우리한테는 절대 얘기하지 말았어야 했어!"

(1942)

## 옮긴이의 말

우리에게 아직 낯선 이렌 네미롭스키는 2차 대전 당시 아우슈비츠 강제수용소에 끌려가 비극적인 죽음을 맞은 우크라이나 출신의 유대인 작가로, 투르게네프와 모파상을 떠올리게 하는 힘차고 잔인한 필치로 자신의 가족사, 혁명과 전쟁에 관통당한 유대인과 프랑스인의 초상을 그린 걸작을 여럿 발표했다.

이렌 네미롭스키의 작품을 한국의 독자들에게 소개하자는 묵은 기획의 일환으로서, 작가의 중·장편을 소개하기에 앞서 단편 몇 편을 선별해 우리말로 옮겼다.

「무도회Le bal」는 이렌 네미롭스키가 프랑스에서 작가 활동을 막 시작한 1929년에 발표한 작품으로 서로를 혐오하고 증오하는 엄마와 딸 사이의 갈등을 적나라하게 그린 사실적인 작품이다. 상류층의 삶을 즐기고 싶어 하는 엄마에게 딸은 늘 거추장스러운 존재이고, 여자의 삶을 시작하고 싶은 사춘기 소녀에게 엄마는 사사건건 '안 돼!'를 연발하는 얄미운 존재다. 사실, 이 작품에는 증권을 사고팔아 졸부가 된 아버지, 그 돈으로 상류층의 삶을 즐기려는 속물 어머니, 그런 어머니에 대한 사춘기 딸의 증오, 외국인 가정교사 등, 작가의 자전적인 요소들이 고스란히 녹아있다. 「무도회」에 그려진 이 '모녀간의 전쟁과 복수'는 『제자벨Jézabel』에 이어 『고독의 와인Le vin de solitude』에서 완성된다("날 울게 한 것처럼 울게 해줄 테니… 기다려요, 기다려, 늙은 여편네!").

「무도회」가 실패한 무도회를 통해 '삶의 길 위에서' 모녀의 여정이 엇갈리는 순간을 보여주듯, 이렌 네브롭스키의 다른 단편들 역시 번뜩이는 역설과 아이러니를 통해 등장인물들의 운명이 교차되는 순간들을 포착한다("삶이란 게 참 묘해! 우리 각자에게, 주어진 순간에, 어떤 일이 일어나 우리의 운명을 이런저런 방향으로 틀어지게 해." 「그날 밤」). 이 선집에 모은 「로즈 씨 이야기M. Rose」(1940), 「다른 젊은 여자L'autre jeune fille」(1940), 「그날 밤Les vierges」(1942)은 프랑스 비시 정권의 유대인 검거가 본격화되어 서서히 작가의 숨통을 조여오던 시기에, 삶과 죽음의 기로에 선 작가가 생활고와 공포에 시달리며 쓴 작품들이다. 그래서일까? 이 단편들의 저변에서, 이런저런 이유로 삶의 가장 눈부신 순간을 놓쳐버린, 그래서 추억에 젖어, 혹은 꿈이나 유령에 시달리며 서서히, 혹은 순식간에 늙어버리는(그렇지 않은 사람이 우리 중 과연 몇이나 될까?) 인물들이 등장한다. 이들에게서 우리는 삶과 사랑에 대한 사무치는 갈망을 느낄 수 있다.

우리는 삶과 마주하며 살아간다고 생각하지만, 삶은 우리에게 좀처럼 그 진면목을 드러내지 않는다. 아니면 고통과 눈물로 가득한 그것이 불편해서, 혹은 스스로를 지키기 위해 우리가 애써 외면하는 건지도. 작가의 단편들은 그 장르의 문법에 맞게, 날카로운 역설의 전복을 통해 삶의 아이러니, '날 것 그대로의 삶', '평생 느낄 수 있는 감정을 한꺼번에 써버리는' 그러한 순간에 대한 갈망을 우리 앞에 펼쳐놓는다.

2022년 봄
옮긴이

옮긴이 이상해

한국외국어대학교와 동 대학원 불어과를 졸업하고 프랑스 스트라스부르 대학교, 릴 대학교에서 박사 과정을 수료했다. 현재 한국외국어대학교에서 프랑스 문학과 번역을 가르치고 있다. 『측천무후』로 제2회 한국 출판 문화 대상 번역상을, 『베스트셀러의 역사』로 한국 출판 평론 학술상을 수상했다. 옮긴 책으로 미셸 우엘벡의 『어느 섬의 가능성』, 아멜리 노통브의 『너의 심장을 쳐라』, 『추남, 미녀』 『느빌 백작의 범죄』, 『샴페인 친구』, 『푸른 수염』, 『머큐리』, 에드몽 로스탕의 『시라노』, 델핀 쿨랭의 『웰컴 삼바』, 파울로 코엘료의 『11분』, 『베로니카, 죽기로 결심하다』, 크리스토프 바타유의 『지옥 만세』, 조르주 심농의 『라 프로비당스호의 마부』, 『교차로의 밤』, 『선원의 약속』, 『창가의 그림자』, 『베르주라크의 광인』, 『제1호 수문』, 피에레트 플뢰티오의 『여왕의 변신』 등이 있다.

이렌 네미롭스키 선집 I

무도회

초판 1쇄 발행 2022년 3월 30일

지은이 이렌 네미롭스키
옮긴이 이상해
편집 장서원
제작처 영신사
펴낸곳 레모
출판등록 2017년 7월 19일 제 2017-000151 호
주소 서울시 서초구 서초대로 33길 99, 201호
이메일 editions.lesmots@gmail.com
인스타그램 ed_lesmots

ISBN 979-11-91861-06-8 03860